光尘
LUXOPUS

Angie Cruz

How Not to Drown in
a Glass of Water

[美] 安吉·克鲁兹 著
黄建树 译

如何不被一杯水淹没

北京联合出版公司
Beijing United Publishing Co.,Ltd.

献给那些知道如何解决我们社区的问题，
并照顾我们社区的母亲、阿姨、邻居和朋友。
献给那些曾经惨遭拒绝的人。[1]

---

[1] 原文中混用了英语和西班牙语。——译者注，下同（若无特别说明，本书注释均为译者注）

目录
Contents

第一次面谈 —— 1

第二次面谈 —— 27

第三次面谈 —— 53

第四次面谈 —— 75

第五次面谈 —— 99

第六次面谈 —— 119

第七次面谈 —— 139

第八次面谈 —— 163

第九次面谈 —— 185

第十次面谈 —— 207

第十二次面谈 —— 229

两个月后 —— 251

致谢 —— 255

大龄人员就业项目
美国，纽约

　　大龄人员就业项目旨在提供职业咨询、招聘启事和类似相关服务。所有参与者都将在参与该项目的十二个星期内继续领取失业救济金，供他们接受职前培训，培训内容包括沟通技巧、面试技巧与守时意识，来帮助他们为重新进入就业市场做好准备。

　　最终报告将评估参与者是否做好工作准备。

　　下列十二次谈话记录及文件可能会，也可能不会为最终报告与建议提供依据。

第一次面谈

我叫卡拉·罗梅罗,我来到这个国家是因为我老公想杀了我。别这么惊讶嘛,是你让我介绍一下我自己的。

在我们开始前,能让我喝杯水吗?哎呀[①],对的。谢谢。我为什么这么紧张?我知道,我知道,我们只是在聊天。对了,这水,是从瓶子里倒出来的吗?你觉得它有股怪味儿吗?没有吗?

我从来没做过这种事情。我以前觉得,我都这个岁数了,用不着非得去找工作。学校[②]的老师说你会帮我。你是多米尼加人吧,不是吗?她说要是你很了解我,就能帮我找份工

[①] 原文使用了许多西语词汇,凡用西语之处,译文采用了与正文不同的字体以示区分。
[②] 此处的学校(La Escuelita)特指规模较小的学校。

作。这是真的吗？哎呀，太好了，因为我需要一份工作。我待的那家工厂二〇〇七年就关了，刚好在圣诞节前。你能相信吗？我差不多有两年没工作了。

实际上，奥巴马慷慨得很。工厂关门后，我收到了五十三张支票，然后奥巴马给了我十三张，接着又给了我二十张。他有别的选择吗？没有嘛。找不着工作啊——我做事的那家工厂搬到哥斯达黎加去了！你知道吗，他们再也不会回来了。我跟你见完十二次面，也就是十二星期后，就不会再收到支票了！就像我邻居露露说的那样，奥巴马是好人，但不是上帝。

我挺走运的，毕竟我都五十五岁了——等等，我说的是五十五吗？我五十六了！我早就不算岁数了。我要是不这么干，怕是还没做好准备，就进棺材了。这不是重点，重点是，我有资格参加你们的大龄人员就业项目。我算哪门子的大龄人员？我跟露露说，我将成为大龄人员，领支票的那种，不是白头发的那种。哈！

你想知道我是怎么找到这所学校的？行，我跟你说说。一年前，我们收到了政府寄来的一封信，说我们必须去学校报到，去上课。如果不去，失业补助就没了。我不想去学校，那地方离哈勒姆①很远。于是，到了去学校的第一天，我简直动弹不得。我只能强打精神起了床。我可能睡了一两个小时吧，几乎没睡。那天早上，我连咖啡都喝不下。我仿佛忘记了怎么穿衣服。你遇到过这种情况吗？就是这种原本很简单的事，却怎么也做不到的情况。不过你得明白，我早就不在工厂上班了，所以一连十二个月，我都只穿内衣。我的腰带、上衣，还有裙子——都消失在了衣橱里。

谢天谢地，露露那天早上去接了我。我跟你讲，去学校的第一天，露露出现在了我的公寓里，带着她在家做的香蕉面包——加了坚果和巧克力，刚烤好，还热乎着呢——说道，你有十五分钟。

我不想连累露露迟到，便加快了速度。她知道我自个儿肯定永远去不了学校。这也让我付出了代价，因为接下来，只要我还活着，她就会说，没有我，你可怎么办哪？

但别担心，我可不需要露露带我去上班——我已经准备好面对生活了。听我说，我已经在减肥了，这样就能穿得下那些上衣了。你不觉得我穿这件很好看吗？你喜欢吗？我就

---

① 哈勒姆（Harlem）是一个位于美国纽约市曼哈顿的社区，曾经长期是20世纪美国黑人文化中心，也是发生犯罪与贫困的主要区域，目前正在经历一场社会和经济复兴。

知道你喜欢。

我从来不穿棕色衣服。我最爱黑色。我的眼睛和头发都是黑色的,黑色让我看起来很优雅。这件棕色上衣是露露的。她穿这颜色很好看,因为她把头发染成了金色——呃,更像是橙色,毕竟她是用染发剂染的。不过这个颜色很适合她,因为她的肤色很像铜币的颜色。不是那种亮亮的铜币,更像是那种旧旧的铜币。可她只有五十四岁。我劝她多喝水,这样她会更有光彩。她偏不听。她还比我胖,但她并不在乎。我俩丢了工作后都胖了。跟我相比,露露胖得更多。其实这件上衣早就不适合她了,她就算穿着紧身内衣,也穿不下。她从来不脱紧身内衣。从没脱过。就连睡觉时也不脱。好吧,也许有时候睡觉时会脱。但即使在梦中,她也希望自己看起来像一瓶可口可乐。可结果呢,在我试穿那件上衣时,你真该看看她的那张脸:都皱了。但这也没什么——不就是嫉妒嘛。我早就习惯了。我知道,老天给了我一副好身材。

我喜欢学校。它大大地开阔了我的思维。但这不是件容易事。刚开始时,老师说,她可以教我们算术,教我们操作电脑,甚至教我们用英语读东西和写东西!哈!我已经在这个国家待了二十五——等等,不对,是将近二十七年了。我英语说得挺好。你听得懂我说话,对吧?很好。至于用英语读东西和写东西嘛,这我可就做不来了!会说英文并不代表会写英文。怎么会这样呢?你笑了,但我说的都是实话。

我对老师——她穿得跟电视里的老师似的,衬衫的扣子一直扣到了脖子那里——说我年纪太大,学不动了。

不,卡拉。你要是专心点儿学,就能学会用英文写东西。我向你保证。你甚至可以去念大学。

哈!我笑得很厉害,都尿裤子里了。这种事情会发生在顺产的女人身上。我在包里多放了几条内裤,而且出门时一定会带高洁丝①。

你有几个孩子?啊?你还在等什么呢?你不想要孩子?听我说:千万别等到太老的时候。

露露说,人做任何事都不嫌老,尤其得活到老,学到老。她说,我们的邻居卡里达老太太要是想念大学,也能去念。

她都九十岁了!念大学什么用都没有。

为什么不能念呢?露露说。在纽约,有许多老人念大学。

想象一下,如果我像卡里达老太太一样活到了九十岁。我兴许能去念个大学,然后在某间办公室或是别处再干上

---

① 高洁丝(Kotex)是一个女性卫生用品品牌,1920 年诞生于美国。

二十年。

在多米尼加，想要进步并不容易，但在纽约，学校让我觉得我可以做做梦了。我学到了很多新东西。我现在甚至有了个电子邮箱。你知道吗？

露露叫 LuLu175，我叫 Carabonita①。

嘿，露露。你好吗？是我，卡拉。

叮！电脑告诉我们，我们收到了电子邮件。

嘿，小婊子②！是我，露露。

叮！

是 Carabonita！

叮！

我知道，小婊子。

叮！叮！叮！

我这会儿收到了很多封邮件。大部分是通灵师阿莉西亚发来的。有一天，在我试着弄清楚自己的星座运势时，我通过一个写着"免费读心术"字样的按钮，找到了阿莉西亚。我当然点击了按钮。探索互联网最好的法子就是按自己的兴

---

① Carabonita 可拆分成 cara 和 bonita 两个词，在西语中，意思是"漂亮脸蛋"。
② 小婊子（cabroncita）和 carabonita 两词非常形似。

趣来，这可是老师说的。

亲爱的 Carabonita,
　　很高兴能收到你的来信。我能看出来，你急于收到消息，以便扫清你前进道路上的所有障碍。若想了解未来会发生什么，请点击我的邀请链接。只需花上一小笔费用……

　　　　　　　　　　　　　你亲爱的朋友
　　　　　　　　　　　　　阿莉西亚

一开始是露露帮我读的，但我每天都会收到邮件，于是露露就教我怎么把邮件从英语翻译成西班牙语。特别简单。点击一下就行。

　　我很想了解你的情况。
　　我从你的专属守护神那里收到了消息。

我向你发誓，当我收到那封邮件时，天花板上的灯就像在迪斯科舞厅里一样，忽明忽暗了起来。

哪怕我一分钱也没给过她，通灵师阿莉西亚依然在给我写信。

她是个机器人！露露说。

不可能。我说。

我每次查看电子邮箱，都能收到通灵师阿莉西亚发来的消息。她说自己失眠了，因为我的守护神让她夜里睡不着觉。

老师说，要小心诈骗。电子邮件里到处都是诈骗。她说，我们这种人最好骗了。

我们这种人？

我对她和露露说，我知道什么是真的，什么是假的。我可不是个傻瓜。

作为一个多米尼加人，你受过教育，还记了这么多笔记，那你跟我说说：你到底觉得我怎么样？你觉得我还有希望吗？啊，很好。

学校推荐我参加这个项目，好方便我做面试练习，我问，为什么要面试？老师说，这样你就有机会找到所有那些你愿意尝试的工作！哈！她特别乐观，所以我反倒不太相信她，你可别讲出去啊。实话实说，你真相信有什么工作是适合我的吗？真的吗？我从来没有听说过有谁没有窍门就能找到工作。

新闻上说这个国家陷入了危机!没人能保住工作。这是大萧条①以来最严重的一场经济衰退。大萧条那会儿,人们没有车,而且还在用罐子尿尿。呃,也许我们这栋楼里当时有厕所,但你肯定明白我在说什么。如今住在我这栋楼里的卡里达老太太都还记得呢。她是从古巴那群闹革命的人里出来的,就是何塞·马蒂②他们那群人。他们住在纽约时,那里还没电话,也没通电。当然啦,他们也没冲水厕所。我们这栋大楼那时都不存在。她说那时树比人还多。

昨天的新闻里,我看到了一个结了婚、有两个孩子的律师绝望得不行,结果在附近——甚至都不在市中心——的一家温蒂汉堡③找了份活儿干。情况很糟糕,比糟糕还要糟糕。就像在圣多明各④一样:吃不到新鲜面包的时候,你就得吃木薯。我从来没有想过美国的银行居然会抢劫人。可我现在发现,这个国家就像海滩上那个手脚麻利的渔夫,原本给你展

---

① 大萧条(the Depression,亦称 the Great Depression)是指1929年至1933年之间发源于美国,后来波及整个资本主义世界的经济危机。

② 何塞·马蒂(José Martí Pérez,1853—1895),古巴诗人、民族英雄、思想家。他从15岁起就参加反抗西班牙殖民统治的革命活动,42岁牺牲在古巴独立战争的战场上。

③ 温蒂汉堡(Wendy's)是一家国际快餐连锁店,于1969年11月15日在俄亥俄州的哥伦布市创立。

④ 圣多明各(Santo Domingo),多米尼加首都,全国最大深水良港。

示的是一条又大又肥的鱼,可等到他做鱼的时候,却说这鱼缩水了。

我的金钱状况?现在还没什么问题,因为我收到了奥巴马的支票,但我认识的人里只有我妹妹安赫拉和她老公埃尔南为这场危机做好了准备。为了在长岛买栋房子,他们存了很多年的钱。埃尔南不想离开我们那栋大楼,因为他可以每天走着去医院上班,但安赫拉,她很讨厌华盛顿高地[①]。真的很讨厌。所以他们每个周末都去看房子。

还记得二十世纪九十年代初吗?当时的情况特别糟糕,你花上十万美元,就能在市中心买一套公寓呢。也许你当时太小,记不得了。你有多大?三十五?四十?

等等,我可不是故意要冒犯哟。当然啦,你看起来就像个小姑娘。

我想告诉你,在过去,安赫拉和我每个周末都会去找我们梦想中的公寓。而现在,她和埃尔南一起去追梦了。但我记得见过一套公寓,就在里弗赛德前面的八十街或八十一街——那里是富人居住的地方,你知道的吧?你没办法在那

[①] 华盛顿高地(Washington Heights)是美国纽约市曼哈顿北部的一个地区。20世纪80年代,多米尼加裔美国人是该地区的主要群体。

些房间里放一整套卧室家具，只能放一张床，也许能放一张大号①的床，外加一个高高的五斗柜。但窗外能看到树：哇。那时有很多这样的公寓，很便宜。而现在，同样的公寓都卖到一百多万美元了。我可没开玩笑，去查一查吧！

安赫拉谈起那些公寓时就像错过了一个好男人似的。从她来到这个国家的那天起，她就下决心要离开华盛顿高地。为了达到目的，她数着自己有多少钱，计算着需要多少年才能付首付。等她遇到埃尔南后，她立即把这个计划告诉了他。她说，如果你想和我在一起，那么攒钱就得作为一项家庭计划。

每天吃早餐时，他们都会谈论自己的目标：给房子凑够首付款。房子得有一个院子，每个孩子都得有一间房，门廊上得有一架秋千。她把进度写在冰箱门上。每存下一千美元，他们都会从胡萝卜头面包店②买个小蛋糕，和孩子们一起庆祝。这样一来，孩子们就会明白，只有努力工作和省钱，梦想才能成真。

埃尔南和安赫拉一个星期能攒五十美元。一个月就能攒

---

① 在美国，大号（queen-sized）床的尺寸为 60 英寸 × 80 英寸，约为 152 厘米 × 203 厘米。

② 胡萝卜头面包店（Carrot Top）是一家真实存在的连锁面包店，位于华盛顿高地的那家分店从 1985 年起便已经营业了。

两百美元。一年就能攒两千四百美元。他们花了十年时间，攒了两万四千美元。我们以为十年很长，可瞧瞧我吧，我在那家工厂干了二十五年。而我的儿子费尔南多，已经离开我十年了。

你为什么要说难过？啊，不，我儿子没死。他抛弃了我。也许总有一天，如果时机成熟的话，我会跟你讲一讲费尔南多的故事。

但我想说的是，时间一眨眼就过去了。我要是每个星期能存下哪怕十美元，也许现在就不会有这么多麻烦了。我把省下来的那点儿钱都寄给了圣多明各的几家银行。我把美元兑换成了比索[1]，因为利息更高。是的，你当然会摇头啦。真是太蠢了！我犯了个大错。一夜之间，汇率从一美元兑换十三比索[2]变成了一美元兑换四十五比索。

和你聊天让我回想起了我和安赫拉相处得很融洽的那段日子。现在我都不记得上次我俩在同一个房间，她却没有生我的气是在什么时候了。

她多大了？安赫拉比我小十五岁。她是我妹妹，我俩看

---

[1] 比索（peso）是菲律宾、墨西哥、古巴和哥伦比亚等国家的货币单位。
[2] 此处的比索特指多米尼加比索（RD$）。

起来一样大，但她都可以做我女儿了。也许这就是为什么她和我儿子费尔南多一样，觉得我说的都不对。举个例子吧，你跟我说说——难道我不该说我们应该松一松雅迪蕾赛拉的头发吗？她是我外甥女。在我给她梳头时，她的头发看起来就像扫帚一样。安赫拉给我上了堂课，跟我讲了讲护发素中的化学制品和它们会造成的危害。她告诉我，不要给孩子们梳头。可我该怎么弄开那些结呢？她对我发了一通火，那怒火简直可以烧掉一片森林。所以现在我什么都不说。

你有姐姐或妹妹吗？哦，很好，那你一定明白。姐妹们不是总能处得来。可就算吵完架以后，我们也会一起吃饭，跟宗教仪式似的。我们总是这样，虽然像两套公寓，却在同一栋房子里。

她会给我做面包布丁。我会告诉她布丁太甜，然后一切就会恢复正常。我跟你讲，食物能化解矛盾。

对，对，我知道。我是来这里聊找工作的事的。

但我想说的是，我也知道怎么攒钱。每当我能挣点儿外快，我就会攒下来。要是赶上好时候，我总能挣到外快，比方说在冬天，我曾帮卡里达老太太干些杂活儿。那时候我只会稍微帮她搭把手，而现在我每天都会帮她，尤其是她摔倒在我们楼前的台阶上以后，这都得怪楼管让雪变成了冰。但我跟你讲，她甚至压根就没想过起诉这栋楼。我们都劝她这么做。她却说，我是我父亲的女儿，然后唱道，我是个真诚之人，来自那片棕榈树生长的土地①。你知道那首歌吗？知道啊？这歌挺不错的。

卡里达老太太给我打电话说，卡拉，你能帮我个忙，去店里买点儿东西吗？我很乐意无偿帮她，她却非要给我钱。她给我钱自有她的道理，因为不用她问我，我就知道她要什么。我们认识了许多年，她就像家人一样。我会帮她打扫公寓。不只是简单地做做表面功夫，比方说清理电视和搁板上的灰尘。不。我还会跪在地上擦地板，清理水龙头和排水管。我会给她整理冰箱，这样她想要什么，就能轻松找到。我会把她的叉子、刀子和勺子按顺序放进抽屉里。你知道吗，鸡毛蒜皮的事情能给生活带来很大的不同。

拿着，卡里达老太太说着，往我手里放了二十美元。

不，不用。我对她说。我不需要这些钱。

拿着，拿着吧，所有人都需要。

她握着我的手指，硬让我把钱紧紧地抓在手里，我也会

---

① 歌词源自何塞·马蒂的诗歌《我是个真诚之人》（*Yo soy un hombre sincero*）。

对孩子们这么做。我跟你讲，她的皮肤特别薄，也特别软，就好像她这辈子从来没有干过重活儿一样。

我们就跟跳舞似的，你明白吧？

她没生过孩子。你不觉得奇怪吗？没有老公，没有孩子。她这辈子都和一个儿时的朋友住在一起，同行时，就互相搀扶着。两人还当着外人的面吵架，就像夫妻一样，但没人清楚两人到底是什么关系。要知道，在她那位朋友去世之前，我从未踏进过那间公寓。这不关我的事，但这确实很奇怪，对吧？

你不这么觉得？哈！

如今陪着她的是那条狗。天哪，她可喜欢菲德尔啦！拿有机食物喂它，听清楚了吗？都是些别人自己做好的吃的，送来时还冷冻着。如果不喂它吃这些，那条狗就会乱拉屎。它很小，只有我的小包那么大，所以清理它的屎也不麻烦，但我更喜欢带它去外面拉屎。

嗯，我负责遛狗。早上和晚上遛——就算是下雨和下雪，也会遛——因为我觉得在房子里拉屎很不卫生。我也不想狗把公寓弄得臭烘烘的。不到十分钟就能遛完。悄悄告诉你，我在遛它时，新鲜的空气会打在我脸上，那感觉还挺不错。

你说什么？对呀，我当然想找份工作啦，所以我才会来这里！

请把这句话记下来：卡拉·罗梅罗想工作。

没工作的人是什么样的人？打我能走路起，妈妈就教我拿起爸爸的衬衫，拧个球，用一块肥皂拼命搓干净。要是安赫拉、拉法和我不干活儿，他们就会打我们；要是我们活儿干得不对，他们也会揍我们；要是我们犯了错，他们就会吼人；要是我们看他们的眼神不对，我们就会挨脑瓜嘣儿；要是我们挨脑瓜嘣儿时哭了，就会再挨一下。

哎呀，别这么看着我嘛，好像你同情我似的。这一切让我变坚强了，你知道吗？我得坚强起来，毕竟接下来的日子更难熬。唉！

这么跟你说吧：和我爸妈相比，我老公里卡多对我要更好。一开始，我们很幸福。可就连月亮也会变暗，就连蜂蜜也会发臭。我跟你讲，要是我一直待在阿托马约尔[①]，我兴许早就死了。

等等，稍等一下，请让我再喝点儿水。

嗯，我没事。

---

① 阿托马约尔（Hato Mayor）是多米尼加的一座城市，也是该国阿托马约尔省的首府。

也许你的经历足够丰富,明白我接下来要跟你说的这些:自从我儿子出生后,我老公里卡多就不碰我了。两年哪!对我这样的女人来说,相当于一辈子了。我的意思是,你瞧瞧我,你觉得我现在看起来不错吧,可再想象一下年轻三十八岁的我的模样吧,那时的我有一双明亮的眼睛,还有一头秀发。但突然间,你照了照镜子,时间就咬烂了你的脸。这么多年来,没人爱抚过我,我简直就是个死人。

然后,克里斯蒂安出现了。

要是有人一边看着你——确实是认认真真地看着你——一边拉着你的手,还用手指滑过你的生命线①。不可能不动心②嘛。于是我动心了。哪怕我儿子就在另一个房间里睡觉。

只有那么一次。我想,谁会知道呢?但男人喝酒时会聊天,于是流言就传开了。结果我老公就发狂了。

一天晚上,他拿着一把和他手臂一样长的砍刀,去了克里斯蒂安住的房子。克里斯蒂安住在路边的大房子里,房子配了大门,有不少豪车进进出出。他这个人很安静,还有个好名声。他从不给人找麻烦。我敢肯定,克里斯蒂安当时在睡觉。里卡多砍掉了他的一条腿,就像这样。一刀下去,很

---

① 生命线(lifeline),手相学术语,人体手掌三大主线之一。
② 此处"动心"一词用的是 fall,英语中,该词也可指"栽跟头"。

干脆。

我妈妈总说,别和屠夫搅和在一起。而里卡多只用五秒钟,就能宰掉一头山羊,把皮给剥了。

相信我,听到尖叫声时,我就知道自己有麻烦了。我起身把费尔南多从床上拽起来,把拿得了的东西都装进垃圾袋,逃了出来。感谢上帝,妈妈就住在一英里外。夜太黑,我甚至都看不见我身前的手。这样更好。我都不愿意去想那条土路上还有些什么。

你去过多米尼加的山上吗?去过吗?没有?噢。

呃,想象一下,我儿子靠在我胸口,哭个不停。我呢,则试图让他别出声,这样就不会吵醒狗、蛇、老鼠和猪。一辆车都没看见。有多少女人是走在这条路上时失踪的?但我可没空害怕黑夜或是在前方等待我的那些东西。哪怕是让大地把我俩都吃掉,也好过让我回到里卡多身边。那个野蛮人。他会杀了我,来洗刷自己的耻辱。都忘了他曾上过无数个女人——可我就这么一次,就一次。啐!

啊,我当时觉得,我的皮肤,我这条命,都要炸开了。我怕我妈妈会把我送回里卡多那里。她连一口人都喂不饱,更别提两口人了,这话她说过太多次了。她后来问:你为什么跟另一个男人上床了?

是的，我当时很寂寞，但我那时就知道，而且现在也知道：我这么做，是因为我想换个活法。我们必须这么做。我们得故意踩到狗屎，这样我们才会被迫买新鞋。你明白我在说什么吧？

你为什么要这么看着我？我现在感觉怎么样？

我不知道。没什么感觉。

我知道，我知道。这些听起来都像是电影里的情节。但我对你说的全是实话——那天晚上，有一辆车从那条路上飞快地开了过来。可天有不测风云，又有一辆车从另一个方向开了过来，结果它们正好在我面前相撞了。迎面相撞。活像两个压碎的罐子。一个人从车窗飞了出去，身体啪的一声落在了地上。我儿子费尔南多哭了。我试着去找尸体，但哪怕车灯亮着，光线也不够。另一个司机动弹不得，从他的头上流出了一条血河。

我大喊了起来。可谁能听见我的叫喊声呢？有多少人是这么死掉的？

那一刻，我明白了，要是我留在阿托马约尔，我兴许也会像路上的那两个人一样，只能活活等死。谁知道他们那天晚上要开车去哪里呢？也许他们都是好人。可对他们来说，生命已经结束了。

你看起来好像很担心我。别担心。我没事。

把这句话记下来：卡拉·罗梅罗很坚强。

露露总是说，有人让我说杧果，我却偏要说木薯。

等到下一次，我保证我们一定会聊一聊你怎么才能帮我找到工作。

今天我已经说得够多啦。你不觉得吗？

— 申请表 —

理想工作 & 公司

纽约州，纽约市，华盛顿高地

◎ **请填写以下各项内容：**
申请人姓名： 卡拉·罗梅罗
住址： 纽约市，华盛顿高地
电子邮箱： carabonita@morirsonando.com
申请时间： 2009 年春
您是否为美国公民： 否
若否，您是否得到授权，可在美国工作： 是

◎ **口头面试旨在评估以下方面：**
- 就业兴趣
- 个人特质
- 判断能力
- 计划与组织工作并按时完成的能力
- 制定解决问题之备选方案的能力
- 理解口头指令的能力
- 无须密切监督便行事积极主动且负责、可靠的能力

- 与他人顺畅合作并完成任务的能力
- 在紧急情况下保持冷静的能力
- 有效沟通能力

理想工作&公司是一个倡导机会平等的雇主。本申请不得用于以地方、州和联邦法律禁止的理由,限制或排除求职者。

◎ 教育与培训经历

高中: 杂货店附近那座山上的那栋黄色房子

地址: 无名街

毕业年份: 我学过数字和字母,我的老师们说我是最聪明的

所获学位: 生存

◎ 大学 / 高等教育

名称: 不花钱的那一所

地址: 我听说布朗克斯[①]的那所学校不错

年份: 也许上了一天,谁知道呢

---

① 布朗克斯(Bronx)为纽约市五个行政区之中最北的一个。居民以非洲和拉丁美洲后裔居民为主,是纽约有名的贫民区,犯罪率在全国乃属前列。

所获学位：露露管我叫博士[1]，因为我能闻到疾病的味道

◎ **职业学校 / 专业培训经历**
名称：糕点学校？我会做饭，不过烤箱和我不太对付
地址：离公寓很近
毕业年份：得看天意
所获学位：我会做多米尼加风味的蛋糕，是华盛顿高地最好吃的。虽然不太好看，但吃过以后，就算是死的时候也在做着美梦。

◎ **过往工作经历**
雇主名称：做小灯的工厂
工作职位：各种必须干的杂活儿
主管姓名：好的那个，还是坏的那个
雇主地址：走过华盛顿高地大桥就到了
入职时间：1980 年至 2006 年
离职原因：工厂搬去哥斯达黎加了
申请岗位：所有开放申请的岗位

---

[1] 在西班牙语中，"博士"（La Doctora）一词也可以指"医生"。

◎ 您是从何处了解到这一岗位的？

邻居，家人，朋友，学校。

◎ 您哪几天可以工作？

每天。

◎ 您可以在什么时间或班次工作？

所有时间。所有班次。除了晚上八点到十点，我要看电视剧[1]。早上七点前也不行，我得睡觉。晚上十点后，我状态不太好。星期天，我喜欢打扫卫生，洗衣服，去看望安赫拉、埃尔南和孩子们。我必须在五点前回家做晚饭。不过，当然，我什么时候都有空。

◎ 如有必要，您是否可以加班？

没必要问。

◎ 如果您被录用，您哪天可以开始工作？

昨天。

---

[1] 原文为 telenovela，可意译为"拉丁美洲电视长剧"，是一种源自拉丁美洲，随后在欧洲、亚洲和其他电视网络间流行开来的电视剧。此处为方便读者理解，做了简化处理。

◎ **期望薪资：**

够过日子就行。他们以前每小时付我十一美元。我最开始在工厂上班时，每小时挣三点三五美元。可如果不加班的话，这是不够的。

◎ **推荐人及其与您的关系：**

露西娅（露露）·桑切斯·培尼亚。她是我的邻居。我的好朋友。像家人一样。我也许会加上我的妹妹安赫拉，但我没办法预测她会怎么评价我。

◎ **您认识您的推荐人多少年了？**

一辈子。

◎ **您是否已年满十八岁？**

很不幸，是的。但我看起来像个少女。哈！

◎ **您是美国公民，或获准在美国工作吗？**

你觉得呢？

◎ **您能提供何种文件来证明您的公民身份或法律地位？**

我有证件。

◎ **您是否同意接受强制性受管制药物检查？**

　　您以为我是什么样的人？您觉得我像个嗑药的吗？

◎ **您是否患有任何可能需要我们在工作中顾及的疾病？**

　　我的血管跟岩石一样，在我腿上到处都是。一份不会打垮我的工作就够了。

◎ **您是否犯过罪？**

　　呃……这得看情况。

（注意：任何申请者都不会仅因被判犯罪而被拒绝录用。）

第二次面谈

你今天也太严肃了吧。嗯,我知道我们有很多正事要做,但要是你不介意的话,我想先给自己倒点儿水。不介意吧?好的。

这张纸上有什么?更多问题吗?

你的长处有哪些?

哈!这你难道不清楚吗?

你的短处有哪些?

啐!这个问题是想坑我吗?行吧,行吧。你问什么,我就乖乖答什么好了。

我的长处是什么?唔……先让我涂上口红。这能帮助我思考。

可是,说真的……长处?你一问,我脑袋就转不动了。

也许我有时候太坚强了吧。可当妈的必须得坚强啊。

比方说有一次，在我儿子费尔南多十三岁的时候，他想出门和街上的某些混混一起玩儿。安赫拉当时跟我们住在一起。刚来不久。很高兴她能和我们做伴，但每当她看到我手里拿着拖鞋，总是会白我一眼。

即便我没答应，费尔南多还是试图离开公寓。他那时高我一头。他试图走到门口，见我挡在路中间，他的鼻孔张得有这么开，他的眉毛就像这样，挤在了一起。于是我把他从门口推开了。结果他向后一倒，一头撞在了墙上。

没流血。他没事——出了点儿意外而已。我只是不想让他出门。那些不良少年会给孩子们钱，使唤他们去送包裹。我有责任保护他的安全！看看我楼里那个叫豪尔赫的男孩吧，他因为贩卖毒品，被大学休学了。他读的可是全国甚至全世界最好的学校之一。

可你知道费尔南多第二天做了什么吗？他对老师说我推了他，还给她看了自己后脑勺上的小肿块——蚊子咬的。结果那位老师向领导汇报，说我虐待了他。这算哪门子虐待！到了第二个星期，他们来公寓进行了检查，问了我很多问题。他们瞧了瞧冰箱里有没有食物，还检查了他的房间，看了看他床上有没有被单。他们当然会发现，在我家，费尔南多得到的比其他孩子需要的都多。

我没办法看着他。他伤了我的心。我告诉他：你想和那些拿政府的钱去买毒品的陌生人住在一起吗？这就是你想要的吗？

不，妈咪。真的很对不起。他像孩子一样哭了起来。他没考虑过后果。

只有当妈的才能明白这种痛苦。要是安赫拉没有一直看着我，我很可能会拿着拖鞋好好揍他一顿。

几年后，费尔南多走了，再也没回来，安赫拉对我非常生气。她说我错了，但她说得不对。她觉得我不是个好妈妈，因为她说费尔南多害怕我。可她压根没弄明白。

我教他被警察拦住时该怎么做。我告诉他，如果他们问他要去哪里，他在做什么，或者他从哪里来，不要叫喊或骂人。要有礼貌，要一直把手举着。要深吸一口气，问：我被逮捕了吗？要问，我可以走了吗？不论发生什么，在警察说你能走开之前，都不要走开。

你妈妈教过你这些吗？没有吗？你瞧瞧，所以说我是个好妈妈嘛。要知道，有许多妈妈都没有教她们的孩子怎么跟警察打交道，我们的一些悲剧就是因为这个发生的。警察可不会照顾我们的孩子。我们得自己照顾好他们。

我让费尔南多离附近这一带的卓柏卡布拉①们远一点儿。就拿我当借口。随便他叫我什么都行——只要大家都明白,我那双眼睛一直在盯着他。

起码他和我住在一起的时候从来没有进过监狱。他从来没有搞大过哪个女孩的肚子。他在学校的表现也很好。在我看来,这一切就是成功。

安赫拉和我们的兄弟拉法闭着眼睛、张着嘴巴来到纽约时,我也得照顾他们。那时安赫拉二十五岁,拉法三十二岁。虽说他们都是成年人,但第一次看到雪时,他们感到非常震惊。我们在一起住了几年。我们一直在干活儿。我得对他们负责。不过这种感觉很好,因为我们当时走得很近,而且我觉得我们当时也很快乐。

拉法搬出去和米格利娜住到一起后,安赫拉还是继续和我住在一起。那些年里,安赫拉带着费尔南多把纽约跑了个遍,因为她想了解纽约。费尔南多给她做翻译。为了学英语,他们一起去看了很多电影。我竭尽全力地想让安赫拉好好学习,做个专才。有时我甚至在星期六和星期日工作。打两份

---

① 卓柏卡布拉(Chupacabra)一词来自西班牙语中的吮吸(chupa)与山羊(cabra),是一种有可能存在于美洲的吸血动物。此处喻指上文提及的街头混混。

甚至三份工，好让她专心拿到文凭。

我舍不得给自己买东西，却保证我儿子和我妹妹想要什么就有什么，这样他们就能获得进步。是我给安赫拉报名参加了语言课程，是我帮她拿到了学历证书①。从她降落在肯尼迪机场的那一天起，我就给她在工厂里找了份工作，这样她就能赚到钱。我帮安赫拉在这栋楼里找到了一间公寓，这样埃尔南就能搬来和她一起住，他们才能一起过日子。

我想过自己的未来吗？没有想过。你觉得她还记得是我把她从某个毁了她生活的蠢货手里救了出来吗？不记得了。在阿托马约尔，我们这种女人没有别的选择。我有许多七大姑八大姨生的孩子多得我数都数不过来，他们的爸爸都不一样，却都一点儿力也不出。要不是我做了牺牲，安赫拉的墙上就不会挂着那么多文凭，她就不会和那些时髦的城里人交朋友。而现在，她在这里走来走去，鼻子都翘到了天上。

哎呀，我得再喝点儿水。能让我再喝点儿吗？谢谢。

自从手术后我就很渴，我以前可从没像现在这样渴过。

---

① 此处指普通高中同等学历证书（GED，全称为 general equivalency diploma 或 general educational development），乃美国和加拿大为经学习并通过测试的未完成高中学业者颁发的官方证书。

没错，我们头一次见面的前几天，我做了个手术。你没注意到那个星期我疼得要死吗？你当然没有。我取消我们的见面了吗？也没有。哪怕在我觉得自己疼得要死的时候，我也会说话算话。

你这会儿看起来吓坏了。别担心，我很好，只不过是切除了一个囊肿。

是这么回事，几个月前，我开始觉得左边很疼。我很久没去看过医生了，因为我没买保险。可在我的朋友格伦达利兹得了结肠癌后，我觉得自己也该检查一下。多亏了我，格伦达利兹才能及早发现癌症。她皮肤上的癌细胞闻起来像杧果，就是能在海边见到的那种。它们闻起来既有股咸味，又有股甜味，甚至比我给格伦达利兹儿子做的蛋糕的味道还要大——她拥抱我的时候，我手臂上的汗毛都竖起来了。

是的，我的嗅觉厉害得很。它是我的朋友，也是我的敌人。某些气味会让我头疼，疼得我像被天花板砸中一样四处打转。可我能做什么呢？我的鼻子像狗鼻子一样。看到这里凸起来的地方了吗？看起来像是被我弄伤的，其实不是，是被上帝掐的。

小时候，我不明白为什么有些人类的气味——就是那些别人闻不到的淡淡气味——会让我头疼。但现在，我算是明白了。你大概不会相信我救过多少人,也不会相信要是他们听我鼻子的话,我原本能救多少人。

我接着说啊,当我觉得疼的时候,我就想等一等,等我有了保险再说。工厂搬走后,我就没保险了。可等到我说自己觉得疼的时候,我已经穿不下没有松紧带的衣服了,因为我的胃胀大了。我等不了了。

我找了个医生,那医生说要是我付一笔首付款,余下的钱我可以每月付一点儿。于是我就付了首付款,现在我每月都要支付手术的费用。不过别担心,我申请这个项目,也是想看一看奥巴马会不会为我买单。希望会吧。

医生说,手术几小时就能做好,几天后我就能康复。大多数人会休息许多天,可我还是来见你了。尽管医生说,得有个人来医院接我,我却没跟任何人说囊肿的事。

全都是我自己搞定的。我就是这么厉害。

医生问我有没有人会来接我,我说有,还说他们就快来找我了。

我的手指一直在抖,就像这样。我的腿也一样。我的胃里一阵疼。哎呀,真的很疼,你都没办法想象,比我预想中的还疼。但我还是收拾了东西,准备回家。

可那个美国护士朝我追来。女士!女士!等一等!还不能走!

用不着你来告诉我该怎么做,我很想说。

这是规定,护士一边说,一边摇晃马尾,就像我每次去卡里达老太太的公寓时,菲德尔摇晃尾巴一样。护士让我坐下来等着,不然我可能会吐,或者晕过去。

需要我给您的家人打电话吗?她问。

哪怕我的胃折磨得我看不见了,我还是说,我没事,谢谢你。

不好意思,罗梅罗女士,您必须有人陪着。请在房间里坐好。她说。

请问,卫生间在哪儿?

她告诉我卫生间在哪里。就在出口旁。趁她背对着我时,我逃了出来,然后上了一辆出租车。

听我说,我不是那种会麻烦别人的人。绝对不是。大家都有一堆破事要忙。他们抽不出空来接我出院。所以我也不麻烦别人。

我浑身上下都疼,但还是昂着头离开了医院。

那个可怜的出租车司机特别担心我。

他问,去哪儿?

我跟你发誓,我当时真不记得自己住哪了。我脑子里一片空白。

女士，你没事吧？

华盛顿堡[①]。我说。

为了不吐出来，我得拼命憋着。一切都让我觉得恶心，汽车的震动，座位的味道，我觉得很不舒服。哎呀，天哪。我吐在了座位上，吐在了我和司机之间的玻璃上。幸好那天我什么也没吃，所以也没吐出来多少。

女士！女士！

他想把车停下，但路上的车很多。我毕竟是个坚强的人，便伸手打开两扇车窗，透了透气。冷空气让我感觉好多了，接着我清理了一下吐出来的东西。我包里总是备着餐巾纸，干的和湿的都有。为了应对这种突发情况，我甚至还带着塑料袋。

把这句话记下来：卡拉·罗梅罗总是做好了准备。

我还是把你送回医院去吧。他说。

不用，我没事。我说。

我先停车。我来帮你。好吗？

不用，求你了。去华盛顿堡。

这种事情可不是每天都会发生的，你知道的吧？一个你

[①] 此处，华盛顿堡（Fort Washington）应该指的是华盛顿堡大道（Fort Washington Avenue），该大道位于华盛顿高地。

不认识的人，他也有自己的烦心事，居然会主动帮忙？到达我的大楼时，他下车开了车门。我迈出出租车，用尽全身的力气，站了起来。然后我笑了。我跟你说过，就算是死，我也不想麻烦人。我给了他不少小费。他看向后座时，我看得出来，我给他留下了好印象。车里已经没有我的痕迹了。

我都没法告诉你我是怎么上楼梯的。当然，那天电梯是坏的。那天晚上，我告诉卡里达老太太，我不能给她做晚饭了，也不能遛菲德尔了。第二天，埃尔南过来喝咖啡，结果他一直说个不停，我就听着他抱怨医院里的工作。安赫拉带来了一些快在冰箱里放坏的食物。她有没有注意到我不舒服呢？当然没有。她的眼睛总盯着镜子，电话总拿在手里。

露露注意到我只喝了几口小酒。灶台上什么都没煮。厨房的窗户关着。通常我总是让它开着，即使在最冷的时候也一样，因为我身体里总有一团火在燃烧。但那天，我感到浑身发冷。

你怎么了？她问。

我只是累了。我说。

我可不需要别人来告诉我一切都会好起来。我当然会好起来。我还有别的选择吗？谁能奢侈到找个人来照顾自己呢？也许只有我妹妹安赫拉会照顾我，但她嫁给了埃尔南这样的男人。

我来给你些建议吧，你得爱上个爱你胜过你爱他的男人。

你这辈子遇到过好男人没？没有？那你可得趁着自己还年轻的时候去找一个。安赫拉就是这么做的，瞧瞧她现在过得多好。大大小小的事情都让埃尔南包办了。食物、孩子，还有她。

找个靠得住的对象可没那么容易。活到我这个岁数，确实不容易找到。我宁愿自个儿待着，也不愿找个靠不住的人。所以说，要是我自己能做什么事，我就会自己做。

露露很懂我。几小时后，她给我端来了一碗鸡汤，里面加了米饭，没加面条，是我喜欢的做法。还给我拿来了一大壶用姜、姜黄、大蒜和蜂蜜泡的茶。

要是我对露露说，我什么都没跟她讲就去做了个手术，她肯定会生气的。

但她遇到过跟我一样的事。三年前，她的牙齿曾经疼得只能用一边嚼东西。她兴许能骗过其他人，但骗不了我。她的牙齿连着痛了几个星期。她没办法尽快进行根管治疗，因为她没有保险，必须攒够了钱以后付。我呢，牙齿也疼过，但我去找牙医解决了问题，哪怕我现在每个月都得付一点儿钱，因为我不想老的时候牙都没了。

她很走运，我知道很多法子。我冷冻了几包薄荷茶，好让她放进嘴里止痛。我把茶包拿给她时，她的儿子阿多尼斯正坐在厨房里。露露刚好给他端来了一份牛排，因为他就好这一口。

你没事吧，妈咪？阿多尼斯问。

你知道她做了什么吗？她咬了一口牛排，嚼了起来。她甚至还笑了笑。我知道那口破牙疼得要命。

啊，这会儿反倒是我太严肃了。所以我更愿意不说话，因为要是不说话，就更容易忘记生活中发生的那些事。

你能让我再倒杯水吗？这些杯子实在是太小了。

我喜欢做的事情？行，我来跟你讲讲。

每天晚上，露露都会带两杯葡萄酒过来——但不会带一整瓶，因为露露喜欢省着喝。她喜欢那酒。有时，我们一坐就是几小时，看着大厅里的摄像头在拍些什么。自从几年前那些付得起两倍租金的人搬进来后，物业就像这样，跟警察一起，装了个摄像头，用来监视大楼正门。我们要是把电视调到十五频道，就能看到这一整天里有谁来了，又有谁出去了。

实际上，没有电视剧可看的时候，我们就拿这个来给自己找乐子。因为我们不能像以前那样开着收音机，坐在外面呼吸新鲜空气了。我们以前经常到外面去，甚至把椅子拴在大厅的楼梯上。那时候，住在地下室里的原来那个楼管会把烧烤架搬出来。我们会把鸡肉、汉堡，以及所有我们想吃的东西全往上面放。物业什么都不会说。可现在，就好像①什么东西都有火灾隐患似的。

我们原本可以想干什么就干什么，结果后来医院开了很多实验室，然后那些外人就搬进来了。好在物业现在不会让电梯一坏就是几个星期了。大厅的墙上还挂了一幅画，上面画了一些山。他们甚至在走廊里放了些植物——都是假的，但看起来很漂亮。可如今你要是坐在外面或打开收音机，警察就会给你开罚单。这种事你信吗？我算是明白了，他们就是想让我们离开，仿佛先住在这里的不是我们。

我倒是不在乎十五频道里什么都没发生。我整天都开着。有时二楼的男孩会把摄像头转向墙壁，好方便他在大厅里卖东西。不是毒品，是他从楼里有医疗补助②的老头儿那里买的止痛药。很多年前，我在工厂干活儿时背很疼，就吃过一颗那种药。我当时都站不起来了。医生坚持让我试试那药。结

---

① 原文为 dique，乃多米尼加俚语，意思同西语中的 dizque 一词。该词会在下文多次出现，只在此处加注标示。
② 医疗补助（medicaid）特指美国政府向贫困者提供的医疗保险。

果你猜怎么着？那颗小药丸把我给掏空了。我整整一天都没有想起我儿子费尔南多。我所有的痛苦，都被抹掉了。我告诉你，这药很邪门。后来我把它们扔进垃圾桶里了。

人们回家以后，十五频道就变得有意思起来了。我看到了我邻居蒂塔和她女儿塞西莉亚——她从来没有发育过，我认识塞西莉亚二十多年了，她一直坐着轮椅。我看到了顶着个爆炸头的费多拉总是提着个盒子。我甚至还看到了我妹妹安赫拉和埃尔南手牵着手——他俩都这个岁数了。你信吗？

每当我通过第十五频道看到在大厅里的卡里达老太太，我都会下楼帮她。她现在只能靠拐杖走路了。唉，老了就得等人来帮忙。她只是想站在外面晒晒太阳。我穿上鞋子，涂了点儿口红后，就去帮她。可等我到的时候，已经有人在开门了。没关系，我总是可以花上十分钟的时间晒晒太阳。我走了过去，和卡里达老太太一起站在外面。我们都知道：长寿的秘诀就是每天至少晒十分钟的太阳。

是的，对我来说，这倒有可能是份好工作。我可以照顾老人。我能先他们一步，知道他们需要什么。

比方说，我让卡里达老太太去查一查血，因为我闻到了某种不对劲的气味。同时，我看到她的眼睛望向了远处，次数越来越多，就好像她朝我身后看了过去。这种事情发生后，我把她带回了她的公寓，给她泡了加了蜂蜜的绿茶，你知道吗，茶对集中注意力有帮助。当我到了更年期的时候，会开始忘记电话号码，看到一些东西也叫不上名字。露露就让我喝绿茶。我们每天都会喝两杯，让头脑保持清醒。你知道吗？

但不管怎么说，露露和我注意到，有越来越多的陌生[①]人进进出出了。虽然陌生，倒也没有许多年前那么陌生，当时3H号楼还是毒品的天下。不，大多都是些不知从哪里来、带着行李箱和背包的年轻人。

我们已经在这栋楼里住了几十年，要是我们把自己的公寓租给别人，据说就会违法，但这些新来的付了两倍的价钱，把这栋楼变成了汽车旅馆。我们不会把房间租给来了又走的陌生人。我们只会把房间租给自己信得过的人，一租就是几个月。比方说帕尔加特·辛格。他是个非常不错的小伙子。许多年前，在我需要钱的时候，我把费尔南多的房间租了出去。我犹豫了很久，真的，因为我想等他回来，就一直空着房间，房间跟他离开时一模一样，就这样空了很多年。每次吃饭时，我都会在桌上留个盘子，是给费尔南多准备的。我总是在卫生间的门上挂一条干净毛巾，也是给费尔南多准备的。

[①] "陌生"（strange）一词也有"奇怪"之意。

这倒不重要，重要的是，我还是把房间租给了帕尔加特，他是从印度来的，在医院上班。他喜欢和我住在一起，因为他可以随时进出实验室，看看他的实验做得怎么样了。他自个儿住，没有家人陪。我不让他用厨房，所以每次做了饭都会给他吃。他一开始很客气，不愿意吃，但后来就没那么拘束了，也吃了饭。直到今天，当他在附近的时候，他还会给我带甜面包或别的小点心，跟我打招呼。

其他那些来了又走的陌生人，他们带来了什么？臭虫和罪犯。我跟你讲——如今的犯罪率真是越来越高了，从来没这么高过。

露露和我必须像门卫一样，其中一个原因就是我刚才说的这一点。不过，在过去的几天里，露露离开了自己的岗位。上个星期，我俩在我的公寓里，发现她儿子阿多尼斯出现在了十五频道。他在门口，但没按门铃，就好像他忘记了自己妈妈的门牌号一样。

卡拉，开门！露露喊道。

我按下按钮，让他进来了。我们看见他进入大厅，走向电梯。

露露就像一只没了脑袋的鸡一样，冲进了自己的公寓，等待着她家王子的到来。可等露露离开后，我发现阿多尼斯一会儿走到了镜头里面，一会儿又走到了镜头外面，就这么反反复复。他没有上去，而是离开了这栋楼。

实在是太奇怪了。为什么会大老远地从布鲁克林[①]来这里，只是为了站在大厅里呢？

可怜的露露。后来，她坐在我厨房的桌子旁，像个破掉的气球一样泄了气。

我说，我来给你做一杯咖啡吧。也许他会回来的。

我努力不表现出自己有那么一点点高兴。哎呀，是的。这事儿确实挺糟心的，但我还是有那么一点点高兴。她终于能感受到儿子抛弃母亲的滋味有多痛苦了。希望你不要觉得我是坏人。我爱露露。真的。我在厨房里做吃的时，绝不会不给露露留一点儿。

我们是什么时候认识的？哦！楼里的人都相互认识。但是露露和我一开始其实相互不太熟悉。我们总是在忙活。但我们共用一根从天花板穿过厨房地板的水管。我们可以通过那根金属管听到都发生了些什么。孩子们还和她住在一起的时候，能听到一些争吵，啊，那些争吵。是为了什么呢？我

[①] 布鲁克林（Brooklyn）是纽约市五个行政区之一，位于曼哈顿东南部，东连皇后区。在纽约市五大区中，是人口最多的一区。

不知道。她假装自己的孩子都很完美。但我知道实情。

她以为,既然自己的儿子读的是好学校,还在银行上班,那么等她老了,他肯定会照顾她。那可是她的福气。我当然希望露露能享福。可是,说真的,她为什么不能把这些事情都憋在嘴里不说呢?她明明知道我没办法指望费尔南多来照顾我。

露露还有个女儿,叫安东尼娅。她从来不去看露露。她老是在学习,有一大堆文凭。你猜怎么着?她连份有保险的工作都没有。她写诗,都跟露露有关,但没写什么好话。安东尼娅写了本书,把它献给了自己的妈妈——要知道,露露没靠孩子她爸,一个人把她拉扯大了。但安东尼娅如今朝露露吐了口水。心理医生确实会让你干出这种事来,他们会让你朝自己的妈妈吐口水。所有的错都赖当妈的。

听我说,要是露露不对女儿那么严格,她兴许会给某个碍事的家伙①生孩子。她就不会上大学,也不可能写出那首据说帮她赢了一千美元奖金的诗。一千美元哪!她真该发封感谢信,感谢妈妈的拖鞋。那东西救了她的命!

我敢打赌,费尔南多去看过心理医生。我还敢打赌,他

---

① 原文为 atrabanco,此含义为多米尼加西语所特有。

也朝我吐过口水。

你去看过心理医生吗？看过。啊，有意思。你朝自己的妈妈吐过口水吗？

哎呀，对不起。不，不，我不用再喝水了。不过还是谢谢你。

我儿子费尔南多离开后，露露和我成了朋友。那时的我简直一团糟。我待在床上，忘了吃东西，也忘了洗澡，还忘了梳头。你见过那种我们用来擦地板的抹布吗？就是那种沾了污渍，破了洞，还脱了线的抹布。露露成了我的朋友时，我就是那副模样。

有一天，我打开电梯的门，结果她在里面。你知道有人像幽灵一样吓你一大跳是种什么样的感觉吗？我的小包飞了出去，然后我的口红、零钱、纸巾[①]、钱包、钥匙、阿司匹林，我留到饿了时吃的香蕉，我带着的儿子的所有照片（方便我问陌生人有没有见过他）——所有这些东西都掉到了地上。

不好意思！不好意思！我说了起来，因为我没办法把自己的那些东西通通捡起来。对一个摩羯座来说，这不太正常。摩羯座的人就像树一样可靠。但毕竟费尔南多不在我身旁了，

[①] 原文为 Kleenex，既可指一般的纸巾，也可特指舒洁牌纸巾。卡拉在文中不同场合提及纸巾时，均用的是该词。

所以我很迷茫。

你需要帮忙吗？来杯咖啡？露露问。

想象一下，我人在地板上，抬头看着顶着橙色爆炸头的露露。我确实想来一杯咖啡。我不想回到自己空荡荡的公寓。邻居们说露露觉得自己比别人强，这是因为，我之前就跟你说过，她儿子上了一所名牌大学，她女儿是个作家。但那天她对我很好。另外，露露不像我那样有条理，而且我很喜欢一直忙活，于是在她做咖啡的时候，我便拿起扫帚打扫了她家的地板。然后，我在露露的墙上看到了阿多尼斯的照片，就哭得像喷泉一样了。

露露递给我一盒纸巾。她打开了收音机。然后她打开炉子，给我做了晚餐，还对我说，只要我有需要，我就可以一直待在那里，发泄一下。

你从来没有听说过这个词？你不是说你是多米尼加人吗？你不懂西班牙语？哦，只懂一点点啊。好吧。这个词的意思是，别淹死了①，要一直哭到你不需要哭为止。

总之，费尔南多离开后，露露为我做了一些连我妹妹安赫拉都不会做的事。每当安赫拉看到我哭，我这位妹妹总是

---

① 原文为 undrown，是主角按照自己的理解，用造词法将 un 和 drown 组合起来"造"出的一个词。

说，你被一杯水给淹死了①。

我跟你讲，安赫拉这人冷冰冰的。真的很冷冰冰。啐！她对我很无情。

露露可不一样，她明白，我得一直哭到心里面不再有淹死的感觉。

我看你一直在记笔记，记了很多很多。没错，你可以写本书，把我当主角，要知道，我经历的那些事都可以写一百章了。

实话跟你说吧，我和你待在一块儿，说了这么多，倒是挺让我吃惊的。我不太喜欢聊自己的问题。一般都是别人讲个不停，我什么都不说。我没什么好说的。

你能让我休息一会儿吗？

哦，我知道了，我们的时间已经到了。

你们的卫生间里有镜子吗？

---

① 原文为 You're drowning in a glass of water，乃西班牙语中一句俗语的英译，其引申义是：喜欢小题大做，容易气馁。

— 纽约州 —

失业救济金

劳工部

◎ **提出申请之前,您需要创建一个账号:**

用户名:carabonita

电子邮箱:carabonita@morirsonando.com

密码:Fernando1980@@

欢迎 carabonita

如下密保问题可供您选择:

◎ **您的外祖母婚前姓什么?**

没人记得。我们都叫她莫娜,是这么回事:在她还是外公的老婆的时候,据说她爱上了一个海地人,那人在去巴黎做生意的路上不知死在了飞机、火车还是汽车上。至于到底是怎么死的,有各种各样的说法。那个海地人被外婆的笑容迷住了。他给了某个艺术家一笔钱,让他把她的脸画在阿托马约尔的店铺墙面上。那幅壁画如今还在。

虽然看不太清楚了，但确实还在。我们管它叫"蒙娜琳达"①。你知道那幅画吗？非常有名。这么说吧，如果那个海地人没死，外公肯定会砍掉他的腿。外公这人不太好相处。但我吸取了教训吗？没有。反正我还是嫁给了里卡多。

◎ **您最喜欢哪部电视剧？**

《没有乳房就没有天堂》②。大家都很喜欢那部剧。

◎ **您最喜欢哪种蔬菜或水果？**

曼密苹果③，尤其是放在奶昔里的。不过要是有人帮你切好，那就更好了。

◎ **您的第一只宠物叫什么名字？**

宠物？我不明白美国人为什么会把动物养在家里。我

---

① "蒙娜琳达"（Mona Linda）是对世界名画《蒙娜丽莎》（Mona Lisa）的戏仿。在西班牙语中，前者直译过来，大意为"漂亮的莫娜"，其中的"莫娜"（Mona）即主角的外婆。

② 《没有乳房就没有天堂》（Sin senos no hay paraíso）是一部拉美电视剧，首播于 2008 年 6 月，改编自真实故事。剧情梗概如下：一位出身贫寒的美丽少女想过上富裕的日子，于是误入歧途做了妓女，甚至为了获得有钱毒贩的青睐，不惜铤而走险接受隆胸手术，结果引发了一系列风波……

③ 曼密苹果（西语：mamey，英语：mammee）原产于美洲，虽然名为苹果，但实际上是浆果，其果壳有点儿厚，果肉柔软香甜。

不想发表意见。我喜欢卡里达老太太的狗菲德尔,可她居然用勺子喂它吃东西!这不卫生。

◎ **您童年时最好的朋友姓什么?**

我妈妈不相信朋友。

◎ **您小时候的电话号码(包括区号)是多少?**

我们那时候得去杂货店给人打电话。我不记得那个号码了。

◎ **您的第一位雇主是谁?**

在我十二三岁的时候,有位女士[1]给了我一份工作,据说我本该打扫屋子。结果她却让我给她丈夫修指甲,帮他弄掉头屑。她是个律师。

◎ **您配偶的母亲婚前姓什么?**

就叫她圣母玛利亚吧。里卡多居然会出生,这简直是个奇迹。

---

[1] 原文为西班牙语 la abogada,直译过来即律师,与后文"她是个律师"中的"律师"(此处为英文 lawyer)意思重复,因此对译文稍微做了一些调整。

◎ 您听过的第一场演唱会是谁的？

啊，是何塞·路易斯·佩拉莱斯[1]的。你听说过那首歌没？那他这人怎么样……他是在哪里爱上你的……[2]

◎ 您上学时最不喜欢哪个科目或哪门课程？

我把能学到的所有知识都学了。不接受教育就会一直蠢下去。就是这么回事。

◎ 您小时候最喜欢哪个漫画/卡通角色？

书？卡通？小时候？哈？我们从来没有当过孩子。

◎ 您在读高中时曾经把哪支乐队的海报贴在墙上？

果然，美国人压根就不知道我们过的是什么样的日子。

---

[1] 何塞·路易斯·佩拉莱斯（José Luis Perales，1945— ），西班牙歌手、作曲家，在西班牙语国家享有较高的声誉。
[2] 歌词出自《那他这人怎么样？》(*Y cómo es él?*)，这首歌是佩拉莱斯的代表作之一。

第三次面谈

哎呀,不好意思,我迟到了。请原谅我。不要觉得是我故意要迟到的。

嗯,我很好。你刚才说了些什么,我本来都不记得那场手术了。什么时候做的?三个星期前吧?

我迟到是因为露露没有出现。你得明白,我是个摩羯座,要是摩羯座的人习惯了什么时候做什么事,除非发生地震,他们才会打破习惯。露露每天都来我公寓喝咖啡,因为我的咖啡做得更好。结果她今天没有出现,于是我就觉得自己不太明白今天是怎么回事了。

露露曾和我一起坐巴士去工厂,每天都一起,就这样过了十年。后来,等那样的日子结束后,我们又一起去学校,得赶很远的路去哈勒姆。现在,哪怕学校的课上完了,她每天早上还是会来我的公寓,我俩会聊一聊我们的梦。不,不是我们对将来的梦想,是我们睡觉时做的梦。做梦是为了获得信息,了解自己的生活。有时候,我们不知道在自己身上发生了什么,但梦知道。所以我们得好好听着。那些梦就好比是某种比我们更厉害的东西带给我们的消息。露露需要我来帮她解释这些梦,这样她就知道自己在星期天买彩票[①]时该选哪些数字了。

试一试又没什么大不了的,这是她买彩票时的格言。哈!

她每星期都要输几美元,但有时也会赢钱。别担心,我已经警告过她了,我说要是你没有工作,买彩票就会有风险。

悄悄告诉你,我的梦比露露的更有趣。她梦见过牙齿从嘴里掉出来。人们做这样的梦再正常不过了。我做过一个梦,梦见我的床变成了一艘船,接着我出现在了水面上,看到一个人,然后他转向了我。是费尔南多。我试图接近他,但我靠得越近,他就走得越远。我醒来时衬衫都被汗水打湿了。

我知道,我知道,我不是来这里聊露露的。但我很担心她。我的心思怎么能放在工作上呢?今天早上,露露没有出

[①] 此处的彩票(numbers,又称 numbers racket, the Italian lottery, Mafia lottery 或 the daily number)实际上是一种非法赌博形式,在美国的贫困和工薪阶层社区很流行。通常投注者会选三个数字,看是否与开奖时随机开出的数字一致。

现——而且她也没接我的电话。事实上,她整个周末貌似都很忙。她没说自己在忙些什么,可自从我俩在十五频道见到他儿子阿多尼斯以后,露露就一直躲着我。我这么担心,是因为她以前从来没有这么做过。

听我说,当妈妈可不是什么容易的事。

这一带附近的人和自己的孩子说话时,都会把阿多尼斯当作好榜样。他的文凭和证书挂在露露公寓的入口处,都裱了起来,甚至包括小学时的那些。"阅读之星!""全勤学生!"阿多尼斯出生时很白,头发长得很好,别跟我说这些对他在学校取得好成绩没有帮助啊。透过我家的窗户,我注意到,他还是个孩子的时候,露露会抓着他的后脖颈,抓得紧紧的,就好像她把他当作车来驱使。当妈的当然知道菠萝什么时候变酸。

谁能怪她呢?街上想要阿多尼斯这样的男孩。它们也想要我儿子费尔南多,所以我们得抓紧咯。再说露露也知道阿多尼斯喜欢钱。贩毒肯定会让他坐牢的。可银行那帮家伙把大家的日子给毁了,让人们连房子都保不住——而且没有人打算把他们关起来。啐!于是我也就由着露露去了。她的确想办法养出了一个非常争气的儿子。

私底下跟你说,阿多尼斯很特别。她从来不会对他说

"不"，从没把他养成一个怪物。这孩子哪怕鼻子里有鼻涕，也表现得像个王子。阿多尼斯想要什么，露露就给他什么。在她的养育下，他觉得整个世界都会这么对他。

我对费尔南多很严。我跟露露说，我既得当妈，又得当爹，也就是说得说"不"。我得反复说"不"，跟费尔南多说许多遍，但这是因为他跟别的男孩不一样。小时候，学校里的其他孩子把他的东西都抢走了，他却没反抗。我很苦恼，因为要是我们这辈子不小心，别人就会占我们的便宜。我得坚强，因为我不想让他到头来变得……你也知道的。变得不一样。

我该怎么解释呢？你跳过舞吗？有段时间，露露和我几乎每个星期五晚上都会去德波蒂沃[①]俱乐部跳舞。为了跳舞，我会化好妆，穿上漂亮衣服。我跳起舞来跟羽毛一样，从来不坐下。你知道罗萨里奥兄弟[②]的那首歌吗？是这么唱的：那女孩舞跳得很好[③]——那首歌是他们写给我的。啊，是的！男人们总选我，甚至不选那些穿得很廉价，像杯面粉一样的年

[①] 原文为 El Deportivo，此处为音译，该词也可指"运动""体育""竞技"等。
[②] 罗萨里奥兄弟（Los Hermanos Rosario）是一支多米尼加乐队，成立于1978年，主要演奏梅伦格风格的舞曲。梅伦格舞（merengue）是一种起源于海地和多米尼加，并流行于拉丁美洲的男女一步式对舞。
[③] 歌词来自罗萨里奥兄弟的歌曲《那个女孩》（*Esa Muchacha*）。

轻女孩。我每次去跳舞，都会忘掉自己的生活。

我很享受那种被人抚摸着背的感觉，得舒舒服服地摸。以我的经验来说，不是每个男人都知道怎么抱女人。他们的手，放在女人背上时会放得太高，就像他们不了解自己一样。这样的男人在舞池里可混不下去。是找不着方向的男人。最最糟糕的，就是在曲子放个不停的时候和这样的人困在一起。你不能在曲子放到一半时停下来，那样会让他们出大丑。但这些男人并不是想干什么就干什么。他们都不够爷们儿。

我不希望费尔南多变成那样。

当他还是个十几岁的孩子时，我们在圣诞节办了一场大型派对。整栋楼的人都到我们家来了。我做了很多吃的。拉法负责放歌。我们跳舞一直跳到了凌晨三点，这样的事情后来再也没有发生过。那晚，埃尔南带着他的远房亲戚埃尔维斯来参加了派对。他是从多米尼加过来走亲戚的，而且他很不一样。

你知道的吧，"不一样"这个词，跟"不够爷们儿"类似。

那瓶科涅克和所有的总统[①]都喝完了。墙上全是汗水，都湿透了。大家喝了酒，都觉得轻飘飘的。音乐的音量调到了

[①] "科涅克"（coñac）和"总统"（Presidentes）都是酒名。

最大。电视静音了。圣诞彩灯亮了又暗，暗了又亮。礼物都打开了。

可我找不着费尔南多了。

费尔南多！我盖过了音乐声，大喊起来。然后我看到了他，他正和埃尔维斯分开——脚朝着一个方向移动，眼睛却看向了另一个方向。

我抓住他的胳膊，把他往我这边拉。他闻起来不一样了：少了些香草味，多了些漂白剂的味道。我不知道自己看到了什么，但我毕竟是个母亲。费尔南多的脸上起了变化。他那困极了的黑眼睛，睁得更大了。你知道眼睛会讲故事吗？埃尔维斯穿着瓜亚贝拉衬衫[①]和紧身裤跳着舞，像个疯子一样。我知道费尔南多嘴里憋着一个秘密。我再也没见他露出过小孩子的眼神来。

后来，埃尔南告诉我，埃尔维斯在学校打过架，还不止一次，因为他跟另一个男孩好上了。因为跟另一个男孩好上了。你能明白吗？

那晚过后，我忍不住想，如果那天的事情没有发生，也许我的费尔南多就会正常了。我总担心有人会占他的便宜。

[①] 瓜亚贝拉衬衫（guayabera），一种宽松、舒适、胸前衣襟上绣有花纹的四兜衬衫，在美洲、东南亚、西班牙南部和葡萄牙等地很受欢迎。

我很担心他是那种人，不够爷们儿。我想让他活得轻松、简单些。所以我努力再努力，想确保他是个坚强的人。

有一次，我派他去拉法家取一台收音机，他家就在一个街区以外，几个小混混却趁机把收音机从他身上拿走了。我在自家的窗边看到了这一幕。是两个男孩，比他高，就在这光天化日之下——甚至都不是晚上——从他手里夺走了收音机。他几乎把收音机主动给了他们。

他回到家的时候，我问，你怎么了？

他却从我身旁走开，进了自己的房间，还想关上房门。

但我偏不让他关。

看着我，我在跟你说话呢。你怎么就这么胆小呢？刚才发生的事我都看见了。

我说啊说个不停，他没说一句话。他看向了自己的脚，看向了地板，看向了窗户。

我是不是没有教过你怎么保护自己？

他东张西望，就是不看我。他那下嘴唇活像是树上低垂的果子。

啊，胆小鬼？说话啊！

什么？不，这不是他抛弃我的那一次。那得等到后来，等到一九九八年。这次的争吵是另一次。

你知道吗,我一直都在找费尔南多。

其他人都放弃了,但我没有。埃尔南也没有。他在心里给我留了一小块地方,这可把我妹妹安赫拉给气坏咯。

你可是我老公,又不是她的!每次他俩吵架时,安赫拉都会猛地把我往他面前推。

我俩还是孩子的时候,要是有人给我们带了巧克力,安赫拉总会把它藏起来,这样她就可以自个儿全吃掉。有不止一回,倒是老鼠抢先发现了巧克力。你猜怎么着?后来,就没有人吃到巧克力了。

所以埃尔南来看我时都不会告诉她。

别这么看着我嘛。他来我的公寓,是为了远离生活,远离安赫拉,放松一下。我俩会一起看土耳其电视剧,聊聊闲天,倒也不会干些别的什么。

等一下,在我们聊到你希望我回答的这些问题之前,我想跟你讲一讲下面这个故事!

嗯,我刚才也跟你说过,埃尔南一直在找费尔南多。他在医院上班,所以认识那里的每个人。二〇〇一年九月,某个熟人的熟人把费尔南多的地址告诉了他。

你还记得那个时候吧？你当时多大？二十岁？那么，嗯，你当然记得。谁会忘记呢？全世界都看见了天空中的那团火。我那时候睡不着觉，总觉得我们在打仗，我就快死了，到死也见不着我儿子一面。

埃尔南把地址告诉了我，他觉得要是我知道费尔南多有地方住，我兴许会睡得安稳一些。可情况恰好相反，我一拿到地址，脑子里就再也容不下别的事了。

什么样的妈妈会离自家孩子远远的呢？

埃尔南说，给他写信吧。告诉他，他应该回家。

连露露都反对我去费尔南多那里。她说，要是我去追他，他一定会跑走。

露露读过许多杂志。杂志上说，要是我专注于自己的生活，不去想自己控制不了的事，也许就像电视剧里的那种幸福结局一样，费尔南多会来敲门，来的时候还带着花。带着的，或许是我的孙子和孙女，又或许是一张值很多钱的彩票。

我不知道。在这些杂志上写东西的都有谁？反正不是我们这种人。

偷偷告诉你，费尔南多这些年一直没回来，这简直是个谜。我不知道他离开了我是怎么活下来的。离开时，他虽然在市中心卖甜甜圈的店里有一份工作，但那份工作不发工资。

过日子可是要花很多钱的。

于是，等到这座城市不那么慌乱以后，我打出租车去了埃尔南给我的那个地址，在布朗克斯。大厅的门没有锁。墙上有棕色的污渍。楼梯很黑。有股奇怪的气味——闻起来让我头晕。

我一边敲4H的门，一边看埃尔南在字条上写的那个地址。

我听到了电视声。我又敲了敲，用了很大的力。我只想带着我儿子走。

费尔南多！我隔着门大喊起来。时间已经很晚了，人们第二天还得上班，但这毕竟是我的机会。费尔南多！

然后，一个瘦瘦的男人开了门。他穿着很透的衬衫，戴着金耳环，还画了眼妆。我的心都掉到地板上了。也许埃尔南给了我错误的地址。这个瘦子，是我儿子的朋友吗？

我是费尔南多的妈妈。我说。

唔……你找错地方了吧？他说。

他住这里，对吧？我检查了下手里的地址。我儿子在哪儿？

听我说，你得回家了，那个瘦子说道，时候不早了。

费尔南多！即便在他当着我的面关上门的时候，我也在大喊大叫。我知道他在那里，所以我一直在按门铃，直到某个老人从另一间公寓走了出来，冲我大喊大叫，让我别出声。

我回去了吗？当然。我很伤心，但做妈妈的是不会放弃的。

这栋楼其实没有我记忆中的那么糟糕。地板亮闪闪的，闻起来非常棒，倒不像之前那么难闻。冰激凌的纸没有塞到角落里。兴许是楼管清理了？我又敲了敲 4H 的门。没人理我。

当然，我还在那里等着。来一趟可不便宜。大家总归都得回家吧。我又等了一小时。我就这么等着，哪怕我身体里的每一根骨头都疼了起来，之所以疼，和我在工厂里整天跟那些机器打交道有关——来来回回，来来回回。噔。噔。噔。看看我的腿，这就是这么多年来和那些机器打交道的代价。看啊。看啊！瞧见这些血管了吗？像山脉一样。我真该起诉那家工厂，他们对我的腿都做了些什么啊。想当年，这双腿还在路上堵过车呢。当我穿上裙子和高跟鞋，哎呀，那可真是绝了！

安赫拉说，这是有了炎症。我得戒掉牛奶、意大利面、面包，还有糖，这样疼痛才会消失。安赫拉之所以看起来像一根杆子一样，也跟这个有关。她不吃东西。这是个问题。

医生说，如果我减掉十磅，我的膝盖就会感觉像是少了一百磅。他对我说，我应该每天锻炼身体。但我没时间减肥。一点点痛算什么呢？

我接着刚才的话说，嗯，我在费尔南多那栋楼的楼梯上等了很久。每次我听着电梯到了四楼，我的心就会停止跳动。当我突然出现在一个老太太面前时，她还以为我要抢劫她。可怜的老太太，她的头发就像是后脑勺上搭了个鸟窝。要是都没有人给你梳头，那你活着还有什么意思呢？就连阿托马约尔的那些疯老婆子都有人陪。很难在纽约找个陪你的人。在阿托马约尔，费尔南多兴许永远不会离开，他又能去哪里呢？要是你们必须相依为命，你们就会相互原谅。就是这么回事。

我都快要放弃了，可那个穿着很透的衬衫的瘦子这时从电梯里走了出来。这一次，他穿着一件毛皮大衣，而且头发是蓝的，就好像他属于未来一样。

他一个没拿住，手里的袋子掉在了地上。好几瓶橄榄油都摔破了，把地板弄得一团糟。

你这人是怎么回事？他说。

啊，对不起，我说完后便想帮他一把。

没关系，别担心，他说道，然后打开了公寓的门。

接着他认出了我。

等一下。你是上个星期出现过的那位女士吗？

我想见费尔南多，我说。

那个瘦子想关上门，但我很顽强。我把自己的身体抵在门上，让门一直开着。我用脚挡住了路。

他不在这里，他说。

他把门往外推。我便把门往里推。

我不相信你，我说。

费尔南多不想见你，他说。

但这世界就快完蛋了！他得再见一次他妈妈，不抓紧时间的话，我们可就全都要死在恐怖分子手上啦。我说。然后，我觉得那个瘦子兴许说的是实情。我不再抵着门。我又像喷泉一样了。哭得很厉害，有很多鼻涕从我鼻子里流了出来。我只好像孩子一样，用衬衫的袖子擦了擦。

行吧，进来吧，我去给你拿张纸巾，那个瘦子说道。别在这里哭。我可不想你让这栋楼难过。

我步子迈得很小。我知道自己正在费尔南多的房子里，哪怕里面的东西我都没见过。客厅里没有沙发，只有几个大枕头，放在了鸡蛋形状的桌子周围。窗户周围有一些小灯。

角落里有一台收音机。

那个瘦子清理了大楼走廊的地板,然后从房间一头走到另一头,活像一只被困在公寓里的鸟。他一直看着我哭到我能再次喘上气为止。

这些都是我奶奶的,他说。她死在了那把椅子上,把这间公寓连同里面的所有东西都留给了我。我给你做咖啡吧,好吗?

我在公寓里看到了一张大大的照片,照片里的人是瓦尔特·梅尔卡多[①]。这张照片让我想到有段时间,每天晚上,我们所有人——安赫拉、费尔南多、露露和我——都会等着听瓦尔特的占星节目。

瓦尔特的那张脸下面有一句话:与众不同是一种天赋。

瓦尔特说的总是很对,但像那个瘦子那样奇怪可不是什么天赋——只会让人过上痛苦的日子。你明白我说的意思吗?

你当然不明白。你是美国人嘛。总之,我问他叫什么,他说他叫亚历克西斯,这时……哎呀,天哪,真没想到他会说出这个名字——你知道亚历克西斯是全人类的保护神吗?

[①] 瓦尔特·梅尔卡多(Walter Mercado,1932—2019),艺名为尚蒂·阿南达(Shanti Ananda),波多黎各占星家、演员、舞蹈家和作家,亦是以占星表演而闻名的电视名人。他的占星预测在波多黎各、拉丁美洲和美国播出了几十年,一度成为拉美裔社区的一种文化现象。

咖啡很快就端来了。亚历克西斯走进厨房，就像他以前从未进过厨房一样。储藏柜里有三罐腌泡汁，但没有糖。

我问他：你知道我的费尔南多在哪儿吗？

不好意思，阿姨，他说，我希望您能像那样喝咖啡。

我指了指瓦尔特·梅尔卡多的照片。我是摩羯座，我说。

我奶奶也是摩羯座！

那她一定是个了不起的女人。摩羯座是最好的星座。我们很忠诚，而且从来不放弃，我说。你可以把这话告诉费尔南多。

然后我问，你是什么星座。他说，我是双鱼座，跟瓦尔特一样。

你相信吗？他是双鱼座。人人都知道双鱼座的人很有爱心。

等我喝完咖啡以后，我问费尔南多有没有说起过我。

他很想念你做的吃的，亚历克西斯说。

他当然会想念了。我是华盛顿高地最好的厨师。

他大笑起来。然后我也大笑起来——我跟你讲，我当时觉得胸口松了一大口气。

再然后，亚历克西斯非常严肃地看着我，说道：听我说，要是你再来这里，费尔南多就会离开。我不希望他离开。你明白吗?

我又喝了一小口,因为我不明白——我是不是个特别烂的人,所以他才会从我身旁逃走?

我不知道为什么,也许是瓦尔特·梅尔卡多把这条信息告诉了我,但我相信这个瘦瘦的双鱼座亚历克西斯对我说的话。所以我对他说我会离开,但有一个条件:如果费尔南多出了什么事,他必须立刻联系我。我把我的地址和电话号码留给了他。

第二天,我把我的电费记在了费尔南多名下,并且办了手续,在公寓的租约上加上了他的名字。要是我出了什么事——但愿不会发生这种事——我起码能为他做点儿什么。我还给他点了他最喜欢的多米尼加餐厅的外卖:猪腿肉配白米饭,配菜是加了大蒜的油煎大蕉。字条上写着:费尔南多,我爱你。妈妈。

他没打电话跟我说谢谢。

但我起码知道,他有东西吃,有地方住,还有个双鱼座的朋友在保护他。

我知道,我知道。我今天说得太多了,还都跟工作没关系。说的木薯要比杧果多。但我保证自己会去参加你给我安排的面试,也会做你在这些文件里交代的每件事。

— 佳^①而惠^②楼宇^③ —

小多米尼加^④ / 华盛顿高地

距离地铁站一个街区

低水平学校所在地

街区侦察报道： 高风险居住区域

网址： www.rentinnyc.org

电子邮箱地址： rentinfo@rentinnyc.org

日期： 2007年10月

---

① "佳"对应的原文为 gentrified（意思是"经过了改造"），该词与绅士化（gentrification）现象有关，后者是社会发展过程中出现的一种现象，指某一旧区原为低收入人士聚集地，但经重建、改造后，该地区地价及租金上涨，引来较高收入人士迁入，并取代原有低收入者。

② "惠"对应的原文为 rent-stabilized（意思是"租金稳定"），该词与《租金稳定法》(Rent Stabilization Law) 有关：1969年，纽约市出台了《租金稳定法》，限制了许多建筑每年的房租涨价额度。那些被定为房租稳定建筑的出租房每年租金涨幅被限制在较低的百分比内，远低于市场上一般的出租房。租户除了死亡，几乎不会放弃这样的租房。

③ 需要说明的是，之所以将 gentrified 意译为"佳"，将 rent-stabilized 意译为"惠"，是为了使译文更符合中文语境中住宅楼的命名方式，方便读者理解。

④ 小多米尼加（Little Dominican Republic）真实存在，位于华盛顿高地，堪称纽约曼哈顿多米尼加社区的一个缩影。该社区充满活力，满是多米尼加美食和文化。

《租金稳定法》之下
租户与房东的权利和义务

此前法律规定租金: 低于市价三分之一

租约生效日期: 1982 年秋

租约终止日期: 2010 年秋

租约日期: 每两年更新一次

指导原则

◎ **续租租金上涨幅度**

租赁期满后,业主有权提高租金,但只能在法律规定的百分比内提高。这便是住在租金稳定大楼里的好处。业主不能将房租提高三倍以上。如果他们试图这样做——而且他们也许真会这样做——您可以举报他们。

您有权选择一年或两年的租期。两年租约的租金上涨百分比会比一年租约高。两年租约的优点是,您的租金在一年后不会上涨。缺点是,如果您在租期结束前搬家,押金不会退还给您。

◎ **家用电器**

租户同意不在公寓内安装、操作或放置冰柜、炉灶、烹饪设备、空调设备、干衣机、洗衣机，或其他未经房东另行提供或以书面形式授权使用的大型家用电器。

◎ **继承权利**

如果您的母亲或父亲去世，或者因为他们是买得起房，且重回家乡的幸运儿之一而搬回多米尼加，那么在他们离开之前，与他们一起在作为主要居所的公寓居住了至少两年的家属有权续租。

（如果您是老年人或残疾人租户的家属，您只需证明您已居住一年，便可继承他们的公寓。我们的确不喜欢宣传这一点。）

◎ **家属包括：**

费尔南多（儿子）

安赫拉（卡拉的妹妹）

拉法（卡拉的弟弟）

家属还包括：女儿、继子、继女、父亲、母亲、继父、继母、祖父、祖母、孙子、孙女、公公、婆婆、女婿、儿媳。

◎ **若您不是血亲或姻亲呢？**

若您能证明您与已经去世，或离开您与另一个人在一起，离开您去另一个国家，离开您过另一种生活的某位租户，有情感和经济上的承诺与相互依存关系——您只需要提供相关证据即可。

◎ **证明财务与法定关系的证据：**

请出示证据，以证明你们共用一个联合账户[1]，或共同承担家庭开销（例如共同支付房租或水电费），或共同拥有财产。若想证明法定关系，也可在遗嘱或人寿保险中将彼此列为医疗委托人或授权代理人。将彼此列为紧急联系人也有助于证明关系。

证明情感关系的证据包括生日、节日、宗教庆典或家庭活动时拍摄的家庭照片，或者互换的礼物／卡片，以及共同承担的责任，例如接孩子放学。

◎ **若您打算继承某人的公寓，需要避免哪些做法：**

不要以前租户的名义签署租约。不要与其他住所保持

---

[1] 联合账户（joint bank account）指的是两个或两个以上的人共同持有的银行账户。持有人各方权利平等并且通常享有生存者权，即生存者有权取得死者名下的财产。

租赁关系，不要让前租户过于频繁地来访，也不要允许他们将财物留在公寓里。还有一点同样重要，您需要证明自己正在支付房租。最好用支票或汇票付款。

— 佳而惠楼宇有限公司 —

计费发票 #452738

小多米尼加

纽约州，纽约市，10032

买方：卡拉·罗梅罗

发票

月租（2009年2月）	$888.00
未结余额	$1,200.00
收到付款（02/05/09）：	−$450.00
滞纳金：	$40.00

剩余应付：$1,678.00

每月一号之前需缴纳房租。请按时缴纳房租，以免产生滞纳金。

第四次面谈

我今天感觉不太好。我知道我们还有正事要干,但我得跟你讲一讲发生了什么事。

今天早上,我们这栋楼新换的经理来检查公寓了。他们就是干这个的——据说,他们得登记那些需要维修的地方。但我知道根本不是这么回事:他们其实是想找些理由把我们赶出去。

是的,是的。我的证件都是有效的。我确实还欠着一小笔房租没交,但也不多。我得花些钱来支付手术的首付款。

那位经理把白衬衫扎进了裤子里,看起来就像站在火车站入口旁的那些信教的家伙。他笑了笑,一边的嘴角扬了起来,另一边的嘴角却垂了下去。他假装自己很无辜,这让我想揍他一顿。他拿着几份表格走了进来,直接走进厨房,看了看我放在太平梯上①的植物。他告诉我,要是我不把它们拿走,消防队就会给我开罚单。这是真的吗?你不知道吗?但你不就在市政府上班嘛。这可是你应该知道的。

经理这里看了看,那里看了看,没放过任何角落:看向地板,看向天花板,看向沙发,看向窗帘。

烟雾报警器呢?他问。

我告诉他,每当我打开炉子,它就会叫起来:失火了!失火了!失火了!它嘟嘟地叫个不停,声音实在是太大,我都偏头痛了。

我知道,用不着你来告诉我。我得把它放回原位。

他在纸上做了些笔记,就像你现在这样。

你会拿这些笔记干什么?会用来写报告吗?关于我的报告。你一定会让我看起来像个好人的,没错吧?

唔。在他检查暖气的时候,我拉上了窗帘,这样他就看不到窗户上的空调了。空调没装托架。可你跟我说说,有哪台空调哪一次从窗户里掉了出来,把人的头砸破了?

哦,真的啊?这种事情发生过?要是人们遇到这种事,那也太惨了吧!

---

① 太平梯(fire escape)是指楼房、仓库、公共场所为发生火灾时便于疏散、营救而在墙外设置的楼梯。

76

好，好，我接着说，然后他打开了卫生间的门。他看见我的裤子正挂在那里晾干，结果——哎呀，天哪——他的脸变得跟番茄似的。接着，露露不知从哪儿冒了出来。嗯，露露！她终于出现了，而且她一出现，就好像到处都响起了警报声一样。

我说，女人，我一直在找你！我都担心坏了！

但她没有理我。

她开始冲经理大叫起来：我给你打了好几个星期、好几个月的电话，想跟你说一说卫生间漏水的事情！

他放下了笔和纸。

没错，露露家已经漏水好几个月了，而我之所以知道，是因为她指责我把水泼到了地板上，但我告诉她，我没做过那种事。然后她冲了冲我的马桶，打开水槽的水龙头，想看看到底是不是我的错。我真不敢相信，她居然不信任我。但好吧，人们都是这个样子。

女士，经理问露露，您住在哪间公寓？

露露却爆发了，她的嘴像机关枪一样，射出一个又一个字："啪啪啪啪啪啪啪！"每说一个字，经理便不住地往后退。因为露露是狮子座，而且上升星座是白羊座：那可是双倍的暴脾气，她还留了橙色的爆炸头，确实很吓人。经理假装电话响了又响，一边举起手指说，稍等，稍等。然后他就消失了，应该是下了楼。露露跟在他身后。于是我也跟在露露身后，抓住她的胳膊，想拦住她。

放我走！她冲我叫喊起来。

我没松手。等她冷静下来，我问她，你去哪儿了？

你压根不知道在我身上发生了什么事，她说。

然后，我看到了她的脸。她一直没睡觉。有眼袋了，没涂口红，连耳环都没戴。我有一种预感，这一定跟阿多尼斯有关。还有什么事会把一个妈妈折磨成这个样子，让她都没心思照顾自己呢？

她儿子阿多尼斯遇到麻烦了。可不是小麻烦，而是大麻烦。阿多尼斯失去了他的公寓。她儿子是个厉害的专才，挣的钱是我们在工厂赚的四五倍，却失去了他在布鲁克林的那间可以看到曼哈顿的景色的公寓。

你跟我说说，难道他没在新闻里看到那些失去了房子，在高速公路上露营的人吗？他在想些什么？他贷款买下了自己的公寓，一点儿现款也没出。连他的首付款都是贷的！银行管这叫"气球膨胀"式付款[①]——结果气球爆了。阿多尼斯

[①] "气球膨胀"式付款（balloon payment），长期借款偿还方式之一，指的是平时逐期偿还小额本金和利息，期末偿还余下的大额部分。

的好日子到头了。

露露在取最后一笔失业救济金时知道了这个坏消息。她总让我觉得我是一个老女人，因为她比我年轻，但现在，她想和我一样老，这样她就可以参加这个项目，拿到福利支票。她唯一的收入就是在杂货店干活儿挣来的钱。她帮不了自己的儿子。阿多尼斯的事让露露感到非常丢脸，所以她才躲着我。她不敢告诉我。但我不会批评她。做妈妈的就是会受苦。你在孩子身上花了很多工夫，他们到头来还是踩了屎。这太糟糕了。要知道，事实上，我们孩子的生活条件比我们好多了。

露露跟她儿媳妇帕特里夏从来就不是一路人，她瞧不上帕特里夏。听露露说，帕特里夏从来不交房租，她只出电话费和电费，还让阿多尼斯洗家里所有的衣服。所以露露很讨厌帕特里夏。

她总是说，看看我那可怜的儿子，像牲口一样忙来忙去，好让那个女人能在周末的时候去美发店做头发。但帕特里夏不是个坏女人。女人们知道，要是我们不那样捯饬自己，像阿多尼斯这种喜欢花哨玩意儿的男人就会盯上别人，而且会很快盯上。但露露一点儿也不同情帕特里夏，毕竟她在办公室上班，给一个律师打工。而且啊，我敢肯定，照顾宝宝的大部分事情都是露露在做。

安赫拉和我一直都爱吵嘴，但当谈到帕特里夏和阿多尼斯时，我俩却有着一样的看法：帕特里夏把一半支票存到了一个单独的银行账户，这么做很聪明。而且阿多尼斯拒绝在和她结婚时领证，还真是谢天谢地。那女人现在肯定觉得解脱了——她从法律上摆脱了阿多尼斯及其债务，还有他糟糕的信用。要是帕特里夏没有自己存钱，她和她的孩子们怕是什么也得不到了。

女人们甚至比我们更有远见，是不是？

哦！不过我想跟你说的是，这栋楼正在试着做些改变，这让我很担心。每当物业对哪里进行了改进，他们都会立下更多规矩。瞧瞧我邻居蒂塔遇到了些什么事吧，她住在这栋楼里的时间比我还长。她没把洗衣机搬出公寓——但新的租约上说，不准有洗衣机。物业好几个月前给蒂塔发了一纸通知，说她要是十天内不搬走洗衣机，她和她女儿塞西莉亚就必须离开公寓，因为她违反了租约！违约了。蒂塔很固执，没搬走洗衣机，因为她几乎每天都要用。她女儿塞西莉亚总是把家里弄得一团糟。大家都以为，也许这一次，物业会为蒂塔破例，毕竟她在公寓里住了几十年，而且她女儿有残疾。但他们一点儿人情也不讲。

是的，是的，蒂塔上了法庭。露露让帕特里夏去帮蒂塔。但这让物业又一次有机会以我们房租三倍的价格把公寓租出去。她原本住的是一套有两间卧室的大公寓。蒂塔不想离开大楼，也不想离我们太远，便搬到了楼下只有一间卧室、窗户朝着砖墙的公寓，房租比她原来付的要贵四百五十美元。

我？哦，别担心，我没事。嗯，我每月都付房租。有时候会欠一点儿，但欠得不多。帕特里夏对我说，要是我们付了房租，也没有违反租约里的规定，物业就不能赶我们走。他们要是想让我们离开，就得付我们许多钱。等我找到了工作，我就可以把钱都付了。你会帮我找到工作的，对吧？

啊，我很紧张，因为就算努力工作了，也还是很容易什么也得不到。可怜的蒂塔。一天前，她还准备退休后过几天安生日子，可第二天，她的生活如坠地狱。那家物业在纽约有很多房产。他们那么有钱，为什么要这样对蒂塔？我们都用了很多年的洗衣机，但这不是问题，要知道，除了我们，那时候没人想住在华盛顿高地。但如今人人都想住在华盛顿高地，因为这里不像市中心那么贵。现在这个地区有了白人酒吧，卖美食的白人杂货店，还有十五美元一人份的白人比萨，甚至都不是给全家人吃的。花十五美元，只能一个人吃！

蒂塔原以为她可以靠社会保障金和残疾补贴过日子。要是房租不贵，这些钱也够花。但我跟你说，穷人压根就没有松口气的时候。可怜的蒂塔现在都交不起新公寓的房租了，所以她不能退休——她得找份工作。结果找了份糟糕的工作。她在地铁上看到一张报纸，上面写着：每小时十美元！不需要任何经验！嗯，没错，就是你经常看到的、手写在纸袋上的那种广告。她每个星期工作两天，照顾一个老太太。他们给她现金，所以她依然可以领补助金。可蒂塔照顾的那位女士让蒂塔睡在她床边的地板上。她想随时见到蒂塔。

嗯，这是真的。真让人不敢相信。

睡地板！睡瑜伽垫！

那位女士跟她说垫子非常舒服，还说在世界上的许多地方，人们都睡在地板上，而且在地板上好好睡一觉对蒂塔的背部有好处。这话你信吗？哪怕那老太太还有个房间，房间里有张好床，她还是说了这种话。她不在乎蒂塔和她一样老。没错，蒂塔看起来很不错，不像是她这个岁数的人。但怎么能让人睡在地板上呢？这可不行。可蒂塔又能怎么办呢？她需要那笔钱啊。

当然，要是我很绝望，我也会像蒂塔那样做。但我希望活到这个岁数时，永远不会那么绝望。

蒂塔是个圣人。她晚上为那位女士工作，却从不抱怨，她宁可给女儿吃药，让女儿睡十个小时，然后去上班。那样一来，塞西莉亚就不知道蒂塔去上班了。

到了这个星期，在蒂塔不用干这份糟糕的工作之前，我们楼里的人都在轮流照顾塞西莉亚。蒂塔的公寓在楼下。她的公寓与露露的公寓共用了一堵墙。这很好，因为我们可以用无线对讲机。如果塞西莉亚醒了，我们可以跑去看她有没有事。塞西莉亚的大脑没发育完全，她就像个婴儿，不会走路——但她已经四十岁了。蒂塔说，大多数晚上她都很安静，但有时她会被吓醒，所以我们得好好听着，以免出什么事。她通常不会惹麻烦，但在几天前，等轮到我照顾她时，塞西莉亚尖叫着醒了过来，害怕极了。哎呀，天哪，我赶到时，塞西莉亚正在大声尖叫，她一只手捂着耳朵，一只胳膊不断地上下挥动，手打在了床垫上。有些邻居甚至走出了自家公寓。枕头里面的羽毛到处都是。植物和土都在地板上。周围的东西都打碎了。

我的邻居格伦达利兹说，我来叫救护车。

我们报警吧，一个高高的瘦子说。你知道吗，我们的新邻居如今就爱干这种事。只要有一点点噪声，他们就会打电话找警察。

不，等一下，我说。报警没有任何好处。他们会告发蒂塔，社会福利部门就能把塞西莉亚带走了。

美国那些当官的做了许多在我看来没有意义的事情。

我几乎从塞西莉亚一生下来就认识她了，所以我不怕她。其他人都很怕，因为塞西莉亚会一边动眼睛，一边做这种事，她会抬起头来四处看，她的尖叫——不是尖叫，像是"咿咿咿咿咿"的声音——就像冰锥扎进了耳朵。我坐在她旁边，接着很快用全身的力量抓住了她。我用胳膊夹住她的胳膊，我紧紧地、紧紧地抱着她，然后我发出了"嗡嗡嗡嗡嗡嗡嗡嗡嗡嗡嗡"的声音，嗯。她能感觉到我身体里的"嗡嗡"声撞向了她的身体。你知道吗，就是当你坐在公交车的后排，发动机在你腿下一路发出的那种声音。"嗡嗡嗡嗡嗡嗡嗡"。

然后她不再动来动去。她冷静了下来。当你有了孩子——对哦，你不想要孩子。呃，我之所以知道该怎么做，是因为费尔南多还是个婴儿的时候我就这么做过。就像魔法一样起作用。结果塞西莉亚睡着了。

后来，我让大家都离开了——因为有些人看着塞西莉亚，就好像在看笑话一样。我一个人待在公寓里。它非常小，似乎只有一间卧室，但其实有两个房间。蒂塔占用了卧室，让塞西莉亚睡在客厅里。是那种一面墙靠着厨房，另一面墙靠着沙发床的客厅。我跟你讲，非常小，小到你如果坐在沙发床上，都可以摸到炉子。塞西莉亚就睡在这里。他们为什么要把公寓造成这样？我不懂，为什么有人不愿意用一堵墙把厨房的油烟和家具分开呢。这间公寓显然是给不做饭、不准备食物的人住的。那种人会把两三样东西放在一起，然后说晚饭准备好了。他们只会烧水泡茶或是煮鸡蛋。

窗户对着一面砖墙，我能想象，白天这里一定很黑。没有光，人怎么活啊？太惨了。

就像是住在壁橱里。可怜的蒂塔住在壁橱里。

我本可以回自己的公寓睡觉，但还是和塞西莉亚在一起待着，因为我不困。我干脆打扫起了卫生。谁也不想回家时发现家里一团糟。我不想让蒂塔看到那些碎玻璃和羽毛。我试着洗掉创可贴的气味，洗掉那种让我反胃的湿气，我跟你说，我对气味很敏感。但是蒂塔总是管不住自己。她在医院工作了许多年，往家里拿了许多瓶装消毒剂和防腐剂。

于是我打开窗户，通了风，然后清空了冰箱。擦干净沾满脏东西的瓶盖。清理了所有的架子，刮掉了冰箱内壁上的霜。她在这间公寓里才住了几个星期，但冰箱里已经结了霜。我擦掉了水槽里的铁锈。我煮了肉桂皮和橘子皮，所以公寓里闻起来有股甜点的味道。悄悄告诉你，我做完卫生后，公寓完全变了个样。我可没有冒犯蒂塔的意思。我拖了两次地板。

嗯,我不介意打扫卫生。靠每天打扫卫生来挣钱?我不知道。我可以考虑考虑。我们可以谈一谈有没有这种可能。

但我刚才还没说完呢,我接着说吧,然后我坐在一张硬邦邦的椅子上等蒂塔到家。望着窗外的砖墙,实在是非常不自在,真的很折磨人。唯一的光亮是天花板上一个可怕的荧光灯泡发出来的。

这是一种什么样的日子?她住在壁橱里,房租还比以前贵多了。她一直在干活儿,都没时间照顾女儿。

起码在我的公寓里,我能从客厅的窗户看到外面的风景。我不骗你,天气好的时候,我能看到乔治·华盛顿大桥。能见着曼哈顿的风景可不是一点儿好处都没有。即使在我哪儿也去不了的时候——因为离开公寓就会花钱——我也可以看一看纽约那些了不得的景色:真是美极了。看一看那些建筑,还有那些树。看一看天空的颜色是怎么变化的。看一看树木在不同的季节有什么不一样。我可没办法想象闷在屋子里,尤其在冬天没地方可去时,只能望着砖墙,一点儿活动空间都没有,是种什么滋味。这让我很伤心。我为蒂塔感到难过,但也为自己感到难过,因为她的故事让我觉得,人没办法预测生活中会发生什么。

我再来跟你讲一讲另外一次经历,是在很久以前,当时我在阿托马约尔,遇到了一场飓风。飓风袭击了我妈妈的房子。我那会儿还是里卡多的老婆,正在看望我爸妈。费尔南多有一岁了。就在几小时前,天气还很不错,没人知道暴风雨要来了。政府没告诉我们,无线电广播也没警告我们。结果啪的一声,大水把所有街道都变成了河。那天,我有两个远房亲戚淹死了。

政府知道风暴很猛,但他们不想引起恐慌,于是没有拉响警报。五分钟以后,天空就变成了绿色,然后又变成了黑色。我们把家具搬进一个房间,关上了门。我们在窗户上贴了胶带。我们听到了树和树碰撞的声音,以及邻居尖叫的声音。然后大水包围了我们。我看见一辆汽车飞了起来。真的。飓风揍了我们一顿。

接下来,暴风雨停了。我当时心想,好了,好了,我们可以恢复正常了。

哗!我们怎么才能恢复正常呢?

我们无法相信美丽的天空,无法相信政府会对我们说实话。我们死了很多人。有许多财物遭到了毁坏。有八个孩子死在了一所学校里。学校塌了，压在他们身上。你能信吗？

所以我们都很疑神疑鬼。我们觉得政府可能想要杀了我们。我跟你说，每当我们看到一片乌云，我们的身体就会紧绷起来。大家都知道，飓风就像爱吃醋的情人，一个接一个地来。

有一天，我舅舅鲁菲诺在钓鱼，结果看到海水越涨越高。他回到家，告诉了自己的妻子克拉丽莎。然后克拉丽莎说，她梦到又一场飓风就要来了——我们都知道，克拉丽莎做的那些梦都是真的，跟合同一样真。然后，当她的邻居听说了这个梦，这位邻居便告诉了自己在纽约的远亲。这位在纽约的远亲后来告诉了自己的姐妹，这位姐妹又给自己在圣多明各的母亲打了电话。电话响个不停，从纽约打到阿托马约尔，打到科佩利托，接着又打到了首都。然后我们肯定，这次的风暴一定会比上一次的更猛烈。因为不仅克拉丽莎梦见了暴风雨，而且每个人都在梦中醒来，想到了雨和飞舞的树木。

所以，哪怕阳光很明媚，收音机里播放着巴恰特舞曲[①]，广播节目里的主持人在说着烦人的话，我们也很确定，又一场飓风就要来了。于是我们把照片和重要文件装进了大大的

---

① 巴恰特舞曲（bachata）是源于多米尼加的一种浪漫音乐。

塑料垃圾袋,封好窗户,关上所有的门,开车去了最高的山上,等着飓风。

虔诚的人点燃了蜡烛,宰了些动物,打算献给神明,我们其余的人都在向阿尔塔格拉西亚圣母[①]祈祷,即便她经常忘记我们,但有信仰总比没有好。我们在一栋水泥做的大房子里等着。那是一栋被遗弃的豪宅,主人是一名棒球运动员,结果因为赌博输光了钱。宅子已经很久没人住了,既没水,也没电,但它在山上的高处,所以很安全,不会被水淹。

我很确信我们就要死了。

你知道我当时在想些什么吗?要是我死了,又有什么关系呢?

我结过婚。

我生过孩子。

我活得够久了。

你猜后来怎么样了?那场暴风雨一直没来!所以你看,你要是在阿托马约尔这样的地方长大,就会遇到这样的事情。你当然可以照自己的想法做计划,但大自然总会告诉你到底是谁说了算。

[①] 阿尔塔格拉西亚圣母(La Virgen de Altagracia)是多米尼加的主保圣人。

你可以从我这里学到一个道理。生活中可能发生许多事情——你想不到的事情。在我还是个小女孩的时候,我从来没有想过自己会和你坐在这里,会来纽约,会有一个差点儿杀了我的丈夫,还会有一个不回家的儿子。

所以,就像我刚才说的那样,我们没办法每次都为将来做好计划。可又有谁知道呢,也许正是因为我们一起向圣母祈祷了,飓风才会消失。也许我们一起努力,就能找到办法,解决我的问题。

是的,当然啦,我保证下周会参加你让我参加的考试。我们如果不骑上自行车,不踩动脚踏板,肯定哪儿也去不了。

— 职业技能匹配测试 —

您的职业探索、培训和工作资料库

找到最适合您的个性与兴趣的工作

赞助方：大龄人员就业项目

本报告中的工作是根据您对自己的技能、兴趣和个性做出的评价而得出的，可能与您的工作风格非常匹配。

◎ **您评价最高的技能：**
- 和残疾人一起工作
- 向儿童传授社交技能
- 研究新药
- 安装硬木地板
- 说服他人接受自己的观点
- 为电视节目写剧本
- 为抑郁症患者提供咨询
- 为学龄前儿童设计教育游戏
- 为老年人策划活动
- 在许多人面前发表演讲

◎ **您评价最高的性格特征：**
- 害羞
- 好奇
- 矜持
- 招人喜欢
- 有创意
- 自律
- 外向
- 慷慨
- 有条理
- 虚心

◎ **与您匹配的工作风格如下：**

卡拉·罗梅罗，您是个**人道主义者**！您想让世界变得更美好。

卡拉·罗梅罗，您是个**照护者**！您为他人提供服务。

卡拉·罗梅罗，您是个**创新者**！您能解决复杂、理性的问题。

卡拉·罗梅罗，您是个**实用主义者**。您准确且高效。

卡拉·罗梅罗，您是个**观察者**！您能注意到细节，并建立联系。

最适合卡拉·罗梅罗的职业是**帮助型**工作。您渴望让世界变得更加美好，并且以此为动力，希望在工作生涯中全心全意为他人服务，照顾他人，激励他人。您非常了解身边众人的需求，并且通过实现这些需求来获得满足感。您的其他强项包括：**建设**、**思考**、**创造**、**说服**、**组织**。

◎ **我们为卡拉·罗梅罗推荐的重磅工作：**

（您在申请之前必须符合相关的教育与工作经验要求。）

• 帮助患者开发、恢复、提高，以及保持日常生活和工作中所需技能的注册职业治疗助理员。

• 汽车修理、美容和厨艺方面的职业或技术教师。

• 负责处理国家灾害和其他紧急情况的应急管理部门主任。

卡拉·罗梅罗，请拨打电话，联系理想工作＆公司，了解您接下来应该从事何种职业。

— 理想工作 & 公司 —

人生在握辅助生活[①] 公司

◎ **职位说明**

我们正在寻找经验丰富、精力充沛，并且能帮助我们为住户创造干净、温暖、舒适环境的管家。管家将遵守相应的标准和程序，清洁住户的公寓、公共区域，以及办公室和周围区域。

◎ **任职资格**

在与同事、主管、客人、住户和管理人员打交道时能做到举止友好、礼貌。清洁工作必须做到非常彻底。需要有在餐厅、医疗保健机构、医院、酒店、招待性行业或类似行业提供清洁服务的经验。有同老年人一起工作经验者优先。能在快节奏的环境中一边工作，一边与高要求客户打交道。必须能够用英语沟通，包括做好库存记录和填写供应订单。

[①] 辅助生活（assisted living）指向一些需要日常生活照顾的老人提供住房和有限照料的服务。

地址：纽约，东哈勒姆[①]

部门：后勤部

起薪：每小时十美元

岗位类型：全职，当班时间：上午八点至下午四点（星期一至星期五）。

[①] 原文为 El Barrio，即东哈勒姆（East Harlem），亦称西班牙哈勒姆（Spanish Harlem），是纽约曼哈顿区的一部分。该地区为纽约最大的拉丁族裔社区之一，居民主要为波多黎各裔，也包括其他拉丁族裔和黑人。

— 为面试做准备 —

家政类

您未来的雇主对您的工作经历很感兴趣。最好能介绍得详细一些，举出具体的例子来说明您为什么喜欢做管家。记得保持微笑，并且展现出您对家政工作的热情。在回答面试问题的时候，想一想您最喜欢做哪些工作。去面试前要准备好答案。

◎ **面试问答范例**

面试需要练习。您可以找一位志愿者，让他帮您做练习，问您面试问题，以便您做好回答问题的准备。下列例子将告诉您应该如何回答问题，可用来启发自己。

◎ **常见面试问题**

您最喜欢哪种家政工作？
您最讨厌哪种家政工作？
家政工作最有意义的部分是什么？
您的哪些技能能让您胜任这份工作？
您还可以改进哪些家政技能？

示例：您最喜欢家政工作的哪个部分？

示范答案： 我喜欢家政工作的许多方面。每当我有机会整理一个凌乱的房间，我便感到无比满意。这类工作包括铺床、叠床单。叠床单让人非常放松。我觉得这会让人平静下来。我希望人们在回到自己的房间时，能看到我给他们的生活带来的改变！

第五次面谈

先别说话，你得尝尝我做的丝兰玉米饼。是我今天早上专门给你炸的。把丝兰磨碎，然后加入一个鸡蛋、一些盐，还有一些茴香，搅拌一下。非常简单。但没有多少人用的是我这种做法。外面很酥脆，里面有很多汁水，对吧？你喜欢吗？

不，我上个星期没去参加面试。他们打电话告诉你啦？真有意思。

那地方在东哈勒姆！首先，东哈勒姆实在是太远了。我看了地图，要去第一百街和第一大道的交会处，坐两趟地铁，一趟公交车，还得走过许多许多街区。我知道，我们早说好了，要是面试的地方在五英里内，我就会去参加。但我在乎的不是距离，是时间。从这里到那里要一个多小时。这对我没有好处。有太多人需要我了。

都有谁？安赫拉和埃尔南的孩子们，他们放学以后，我得带他们去参加活动。

嗯，我知道，这只是暂时的，他们离开后就不需要我了。但现在，他们还需要我。

还有卡里达老太太，每天下午四点四十五分，她会准时给我的机器留言。

卡拉，你在家吗？

我来帮你翻译一下：卡拉，你今天给我做饭了吗？

没人五点吃饭！但给她准备晚饭倒也不麻烦。

做了，做了，下来吧，我告诉她。我从来不会对卡里达老太太说不。要是我活到了九十岁，也许某个邻居也会这么对我。

总之，她吃起东西来，就像一只纸做的鸟一样。我做的是烤鱼，非常家常，只加一点儿盐和柠檬，只用香米，因为如果不用，便宜的米就会让大家像鲸鱼一样胀气。我会把蔬菜煮到含在嘴里就能化。她嚼不了东西。而且每天晚上她都得喝一瓶冰啤酒。一整瓶。她说这是自己长寿的秘诀。

卡里达老太太吃饭的时候喜欢聊天，所以我们就聊天。昨天是她那位和她一起生活了好几十年的朋友的忌日。她对我说，我不该浪费这么多时间害怕她会死掉。

但这很正常，我告诉她。失去朋友是一件很痛苦的事，每个人都会害怕。

我们应该更像动物一些，她说。动物们不会去想未来和过去，它们只关心现在正在发生的事情。只需要坐在某人身旁，梳梳头，按按脚，他们要什么就给他们什么，这就够了。我们没办法和我们控制不了的东西对着干。她说自己错过了朋友的最后一次呼吸，因为她觉得事情还有盼头，在忙些别的事。她本该和她一起呼吸。

我很担心卡里达老太太，因为我能闻到她身上癌症的气味，就像我能闻到格伦达利兹身上癌症的气味，但她不愿验血。她是对的，我不能强迫她验。你可以从我这里学到一个道理：如果你想解决别人不想解决的问题，他们一定会恨你的。你可以主动提供帮助，但不能逼别人。

所以你瞧，要是我去东哈勒姆工作，就不能给她做饭了。就眼下来说，这可不是什么好事。哈！

你为什么不能帮我在公寓附近，比方说在医院找份工作呢？这样我就可以走路去上班了。埃尔南跟我说有个在医院工作的机会，不是在他的食堂里，是在另一栋楼的另一个食堂里。你听说过那份工作吗？没有吗？他甚至都不知道他们有没有登广告，因为我先前就告诉过你，在这里做任何事都得有窍门。你能查一查吗？我需要你帮我这个忙。

也许你认识埃尔南？不认识？大家都认识埃尔南。他是个秃头，脑袋像个鸡蛋似的，头发长在耳朵上。并不难看。只不过不是那种你一看见，就会"哇哦"一声的男人。

在医院里，埃尔南很招人喜欢。我不会跟谁推荐医院的食物。他们管那种又烫又脏的水叫汤，我真不知道人喝了那东西怎么会觉得好受一些。大家都知道，要想汤好喝，你得煮骨头。营养都在骨头里。你得用盐来激活汤，得加许多大蒜和洋葱。当然，还得加一些胡萝卜或南瓜，还有芹菜。如果汤已经沸腾了个把小时，烫得不能再烫，你就需要滤水。如果你想大胆一些，那就加点儿醋让汤保持活力，醋能治百病。要是你一边切蔬菜，一边想，这汤会让你觉得好受一些，你就能做出不一样的汤来。有时我问自己，人们念了这么多书，这个国家也这么有钱，为什么人们还是不知道怎么把汤做好呢。把罐头里的汤加热，或者把做汤的粉掺到热水里，都是很可悲的做法。

你可以从我这里学到一个道理：吃街上卖的食物会要了你的命。那都是没有生命的食物。

所以说，埃尔南这个人很特别，这可是在夸他。埃尔南做的饭菜比任何餐厅做的都要好吃。即便在医院据说因为预算不够，拒绝了他所有的建议以后，他也知道怎么解决问题。他把蔬菜的残渣留下来，放进肉汤里。在他的食堂里，什么都不会浪费掉。他把医院的食物做得很棒，因为他很用心。

你知道为什么埃尔南是个好厨师吗？因为我在厨房里有不少发明，我把我知道的全都教给了他。没错！

把这句话记下来：卡拉·罗梅罗喜欢发明。

那个测试说我是个创新者，我倒一点儿都不惊讶。我一直在想那个测试。我想到，测试说我很擅长帮助，还说我很善于组织。我呢，也觉得自己确实是这样的人。

要举个例子吗？唔。我在工厂里是个善于组织的人，我有许多这样的例子。我来跟你说一个。每天，我们得制作一定数量的灯泡。后来有一天，他们增加了我们做灯泡的数量。老板得完成订单，压力很大。他不希望我们聊天，因为要是我们聊天，或者听广播，干活儿就会变慢。我每次都能做很多灯泡，但露露不行。

是这么回事，露露在市中心的缝纫厂上班的时候，缝纫机的一次次冲击毁了她的手腕，那种振动很要命。于是我在我们工厂给她找了份工作。有一段时间，她觉得好些了，但她后来又一次疼了起来。因为长时间坐着，她的胳膊、脖子、背都很痛。我也觉得很疼，但我已经习惯了。露露挺喜欢抱怨的。

我干活儿很快。老板常说，卡拉，给我三千个灯泡，结果我做了五千个。所以他们都管我叫机器。我也对自己做的数量很满意。不过要是我做得太快，就会显得露露、利林娜太太和阿尔塔格拉西亚太太做得太慢了。

快点儿，老板会对那些将近七十岁，膝盖和屁股有关节炎的太太们说。当露露因为手指失去知觉，把货品掉到地上时，他也对露露这么说了。

去看医生吧，我总是对露露说。有一次，她去了。可医生说她应该休个假，让手和胳膊休息一下。他还让她申请工伤赔偿。哈！工厂想裁人。大多数试用工都没能转正。甚至在危机出现前，我们就听说有的工厂搬去了别的国家。可我们喜欢自己的工作。有些老板对我们很好。他们每个星期都付我们工资，非常准时。还给加班费。

医生说，如果露露休不了长假，她应该在一天里多休息几次，每次休息一小会儿。医生说，我们都应该休息，哪怕只休息一分钟也行：每三十分钟休息一次，舒展一下腿和手。这非常重要。要是不休息，我们就会觉得疼。整天坐着比抽烟更加有害健康。但我们不准停下工作，活动活动腿脚。而且医生的证明也说服不了老板。你看，在他们开始裁人的时候，我们一直没有歇着，甚至都没空上厕所。

好了，你马上就会明白我为什么很善于组织了。吃午饭时，我开了个秘密会议。我把医生的话告诉了厂里的年轻人。要是老板们不给我们休息时间，我们就得偷着休息。要是一起努力，我们就能完成工作，也不会毁了自己的身体。另外，因为有些人干得比较慢，我们完成自己的任务量以后，应该帮助别人。这招儿很管用。我们轮流休息，每次休息一分钟，但还是完成了工作量，也没让老板注意到。我们就像一个家庭，你照顾我，我照顾你。那些新来的女孩一开始并不理解，但当她们注意到我以后，就成了我们中的一员。

你们那个小测试说得对。我是个组织者。

但我也是个实用主义者。我明白，即使在组织的时候，也不是人人都会合作，每个计划都得保密，直到人们能证明你可以信任他们。我就像那些睁着一只眼睡觉的鸭子。

比方说，我不信任玛丽亚。她没有被邀请参加会议。她有一张拖把一样的嘴巴，会粘上每个犄角旮旯的脏东西。当那个叫戴维的老板请她去办公室聊聊她的工作时，他从她嘴里榨出了一些脏东西。

玛丽亚是个瘦子，手小得跟小孩儿的手似的，头发垂到了屁股以下，非常重，她得把头往后仰着。我们知道，她加班时会吃老板的"棒棒糖",但我不会批评她。为了活下去,女人不得不做她们必须做的事。所以我们对玛丽亚很好,还会在吃午饭时和她一起大笑——结果她却告诉老板,说我总是把卫生纸带回家。

好吧,别这么看着我。我这么做,只是因为上了整整一天的班以后,多走几步去杂货店对我来说实在太痛苦了,要是碰上下雪的时候,那可就更痛苦了。玛丽亚实在是太嫩了,就像个香蕉宝宝一样,对生活一无所知。

有一天,我给了玛丽亚一块酥皮糕点,她却说"不,谢谢"。我这才意识到自己得小心点儿。没人会对我的酥皮糕点说"不"。我邻居安娜在搬去波士顿之前把她所有的秘密都告诉了我。当我告诉你它们很好吃的时候,我可没骗你。就算你不饿,你也得拿着,留到以后再吃。下次我也给你带一块,到时候你就明白了。

于是我那天没有拿卫生纸,以免出什么差错。在老板搜我的东西时,我的包里什么也没有。我就知道!

不过,他们为什么会在乎这个呢?只是卫生纸而已!

但这不重要。重要的是,我有很多才能,比你们的测试里显示的还要多,前提是你得相信我。比方说,我的鼻子。

还记得我说过自己能闻到癌症的气味吗？

把这句话记下来：卡拉·罗梅罗可以闻到疾病的气味。

我之所以知道自己能闻到，是因为有一次，我弟弟拉法在他老婆米格利娜把他赶出家门后和我住在了一起。拉法喝酒的时候喜欢揍人，跟我前夫里卡多一个德行。但米格利娜花了很长时间才长了教训。他第一次揍她时，她摔倒了，额头撞在桌子上，几乎瞎了一只眼。可她离开他了吗？没有。哪怕拉法和某个卖彩票的妓女厮混在了一起，她还是给他熨衬衫、做晚饭。他喜欢赌博，买猜数字的彩票，这倒给了他一个正当的理由去找那个女人。

每个女人都有底线，拉法对米格利娜做了一些她没办法原谅的事情。这跟我的鼻子有什么关系？等等，等等，我会告诉你的。你也太没耐心了。

有一天，米格利娜很晚才从布朗克斯社区学院回家。米格利娜一直想拿到护理学学位，她受到安赫拉的影响，想去上学。这就像存钱，得做出点儿牺牲，得有点儿耐心。每个学期，她都会上夜校。她在诊所做接待员，下班以后，要赶很远、很远的路，去布朗克斯学习。有些学期，她拿到了一些学分，和安赫拉一样，她也下决心要完成学业。可我告诉她，等到她完成学业以后，她都可以准备好退休了。

你瞧，安赫拉完成了学业，成了一名会计，这是因为她嫁给了埃尔南。你要是走运，就能找到一个不会把你往沟里带的男人。米格利娜嫁给了我弟弟，可我弟弟就像一艘有许多窟窿的船。

总之，有天晚上，公交车停了。那是个星期四。到了星期四，连我都累坏了。即使不用上夜校，我也觉得什么事都有可能压垮自己。所以米格利娜有充分的理由打车回家。但是拉法这人很无知。他是我的弟弟，但我敢肯定，他还是个婴儿时，曾不止一次被我妈摔到地上。那天晚上，她打了辆出租车，结果意识到自己没钱。她确信把钱放在手提包的小口袋里了，但钱不在那里。等她到达公寓时，她在对讲机里告诉拉法，让他下楼付车费。

你知道他干了些什么吗？他大喊道，女人，你为什么要吵我？我在睡觉呢！我明天还得工作！他喝得太多，都没办法正确思考问题了。只喝一两杯倒没什么问题，可要是一个人喝得太多，他们就只顾得上自己了——真是自私！

可怜的米格利娜。感谢上帝，他们就住在离我不远的街上。她给我打了电话。我觉得她特别惨，简直是侮辱人嘛！我当然下楼付了车费，后来我们再也没有谈起过这件事。

等到米格利娜发现那个妓女开着一辆拉法每个月都得付

钱的新车到处乱跑的时候，她心里裂了一道缝。拉法每个月都给这女人的车付两百二十九美元，付了不止一年。然后呢，他又换了张面孔，说米格利娜是个娇小姐，因为她白天工作，晚上去夜校，下课后竟然打车回家。啐！

我知道，她把锁换掉的那一天终究会来。她把他的衣服放在了门外的袋子里。就是这么回事。米格利娜这种安静的女人做出这种事来确实一点儿也不奇怪。

那么，我又该怎么办呢？拉法是我弟弟，我不能让他睡在街上。穿着印有"我是女权主义者"字样T恤的安赫拉站在了米格利娜那边。露露对我说，我犯了个大错，不应该让拉法住在我的公寓里。她说，正因为这样，男人才不知悔改。每当女人想教训男人，那些母亲和姐妹们就会来救他们。

可是，露露，要是这种事情发生在你儿子阿多尼斯身上呢？

她说，在街上睡几天要不了他的命。哈哈！她当时说出这种话来，是因为她没办法想象阿多尼斯现在会遇到什么麻烦。

听我说，我知道拉法不是个好东西。我也知道露露说得对。只有让他睡在街上，他才会悔改。但是，实在对不起，我不够坚强，没办法看着他活得像是没有家人一样。我做不到。

你可以住两个星期，我说。多一天都不行。

他住了三个星期。

我跟你讲这个故事，是因为他和我住的第一天，我就闻到了一股甜甜的气味，像是美发店里指甲油的味道。我用派素牌清洁剂擦了擦地板，但那个气味留在了我的客厅里。

我让露露、安赫拉和蒂塔过来了一趟，想看看她们能不能闻到那股气味。

拉法还穿着机械工的制服睡在沙发上。她们闻不到任何气味。安赫拉觉得这是因为我到更年期了。

她说，有些女人会失去嗅觉，而你正好相反。

我说，也许是拉法的气味。你们觉得他闻起来怪怪的吗？

让他去洗个澡，她们笑了起来。她们坚持说，这都是我空想出来的。但在拉法搬出我公寓的那天，那股气味就消失了。等他来喝咖啡的时候，气味又回来了。

我让他去医生那里做个检查。在他抱怨自己的眼睛不舒服之前，我就知道他病了。不是一直都不舒服，只是有时候不舒服。即使在他像猪一样吃东西的时候，他也会变瘦，瘦得跟意大利面似的。他总是很累，天一冷就出汗。

然后医生告诉他：他得糖尿病了。原来指甲油的气味跟糖尿病有关。

我没有立即把指甲油的气味和糖尿病联系起来。我得多闻几个人的气味。有时候,那种气味很独特。我的鼻子比医生的试纸管用多了。血液中的糖分越多,气味就越强烈。

就算告诉有些人喝酒会要了他们的命,他们还是会去喝。有时候,拉法的眼睛很不舒服,在他开车时,他只知道自己得停下来,因为他撞到了什么。而且他的脚颜色都变了,医生告诉他,如果这样继续下去,他就得砍掉自己的脚趾。你觉得他在乎吗?

砍吧。我宁愿没有腿,也不愿意放弃生活,他说。

当米格利娜拒绝让他回家的时候,那个每个月会收到他给她的车支付两百二十九美元的妓女,把自己公寓里的一个房间租给了他。

女人真是太绝望了!拉法算是什么样的伴儿?他这个人什么都不说,血液里的糖分这么高,连他的"棒棒糖"都硬不起来。我可没有开玩笑!米格利娜就是这么说的。

好吧,好吧,嗯,回到测试的话题上来。是的,非常好!帮了我很大的忙。这个测试让我觉得这都是真的:我是个很好的照护者,我是个很好的组织者,我是个实用主义者,我是个观察者,我很擅长帮助老人。我从来没有想过自己很擅长应对灾难中的紧急情况。但也许我确实很擅长!

还记得那个来检查我们公寓的经理吗？嗯，这对露露来说是好事。大多数时候，我们会付钱给我们认识的人，让他们帮忙修东西。但现在我们没有钱了。楼里只会派人来检查我们做错了什么，不会派人来修东西。但我们知道，我们有权利。这是我们去学校上课的时候学到的。老师说，即使是警察，也不能想做什么就做什么。如果他们拦住了我们，我们有权利不说话；如果他们来到我们的公寓，我们也有权利不开门。

问题是，就像我之前跟你说过的，露露不止一次跟物业抱怨过，但他们从来没有接过她的电话。所以你可以想象一下——滴啊滴，滴啊滴，滴啊滴，一天能滴一满壶水。结果她天花板上的水球本来只有西班牙青柠那么大，后来变得跟橙子一样大，再后来就变得跟番木瓜一样大了。

每当那些房租是我们三倍的人打电话给楼管，楼管马上就会解决问题。他们看见一只老鼠，楼管就会把洞塞上。他们的水槽漏水了，楼管就会跑去把漏水的地方堵住。这些人搬进来之前，楼管一直都有空理我们。好吧，准确地说，是原来的楼管有空理我们。这位新来的楼管跟谁都不是朋友。

我猜，每当我们有人搬了出去，物业都会给他一笔奖金。

我跟你讲，我们得尽量有耐心，我比露露更有耐心。但我们的耐心是有限的。想象一下，当一块天花板掉落在露露的头上，她得有多害怕啊。她大喊了一声，我在公寓里都听到了。我给她打了电话，确认她没事，然后拿着相机下了楼。她被喷了一身水，因为天花板上的水球爆了。"啪！"真是乱透了。到处都是水。脏水。天花板的一部分也跟着掉了下来。所有的木头都烂了。情况很紧急。谢天谢地，我当时在场。我让她躺在地上，这样我就可以好好地拍张照片，证明天花板本来有可能要了她的命。

我拍了许多照片。我告诉露露，待在地板上，等我领着楼管一起回来，这样他就可以亲眼看一看了。我这招儿挺管用的，楼管当天就解决了问题。

后来，大楼的经理来检查问题处理得怎么样。他让露露把文件签了，但我说，别签，不要在律师不在场的时候签文件。露露做了一个奇怪的表情，但我知道，当你提到律师时，人们会更加小心。

所以，你看，就像这张纸上说的那样，我也可以做个很好的应急管理部门主任，处理国家灾害和其他紧急情况。哈！

这样的工作是我能在公寓里做的吗？

— 面试准备 —

到达面试现场后，要有眼神交流。

如果他们伸出手来，请和他们握手。

他们会告诉你什么时候坐下，该坐在哪里。

请记住，他们一天要面试许多人。

他们会做笔记，这会帮助他们了解您为什么适合这份工作。

请珍惜您在房间里的时间。

回答问题。

不要偏离正题。

如果您愿意直视面试官的眼睛，他们会看重这一点。如果您很难直视他们的眼睛，可以看着他们的额头。

好的面试官理应让您感到放松。他们想要找到最适合这份工作的人选。他们会关注您为什么适合这份工作，而不是您为什么不适合。

请确保您时不时在点头和微笑，以此来表明您听得很认真。

请记住，您不会因种族、肤色、宗教、性别因素（包括怀孕、性取向或性别认同）、国籍、年龄（四十岁及以上）、残疾和遗传信息（包括家族病史）而受到就业歧视。

面试官不应该问您这样的问题：您信教吗？您多大了？您结婚了吗？您有孩子吗？您是哪里人？

如果他们问了这样的问题，请随时向您的社工报告。

职位：保姆

应聘者姓名：卡拉·罗梅罗

职位描述：布鲁克林一个可爱的家庭需要一名精力充沛、富有爱心、积极主动的住家保姆来照顾他们的三个孩子。本职位每个星期的主要工作时间为星期一到星期五，每天需要工作大约十二小时，中午有午餐休息时间。职责包括：严格遵守饮食和睡眠时间表，保持卫生，准备饭菜，清洗儿童衣物，陪孩子玩游戏，整理杂物和儿童物品。该家庭将提供住宿，包括私人卧室和浴室。

— 潜在雇员问卷调查表 —

◎ **请回答以下问题：**

1. 是什么吸引您参加这次面试？我想土作。射射你。[①]

2. 您的长期职业目标是什么？我喜欢土作。射射你。

3. 您为什么是这一职位的合适人选？我喜欢宝包。他们爱我。

4. 您在执行工作计划、按照食谱做饭等方面有什么经验？嗯，是没问题的。我可以。

5. 这份工作需要整天保持活跃。您认为这是个问题吗？不，我从不坐。

6. 这份工作需要对您进行背景调查，您同意吗？嗯。没问题。

7. 如果被录用，您何时可以开始工作？我能土作。我想土作。射射你。

8. 您会开车吗？没问题。我可以字。射射你。

[①] 卡拉的英文书写能力很差，回答中有不少错字，为了模仿这一效果，译文故意用了很多别字。

◎ 雇主评估：
　　推荐录用：是□　否☑　尚未决定□
　　不够合适：☑

第六次面谈

你先别说话,我得跟你说件事:我去参加那场面试的前一天,通灵师阿莉西亚给我写了封信。她说水星正在逆行。你不知道那是什么吗?每隔几个月,有三到四周的时间,沟通会非常不顺。比方说,你不能签合同。我把这件事告诉了安赫拉,但她已经为长岛的那栋房子付了定金。好像是在一个叫雪莉[①]的地方?你知道那个地方吗?

嗯,就是九十年代有架飞机坠毁[②]的那个地方。安赫拉想住得离海滩近一点儿。她给我看过许多照片,我没发表意见。她为什么要去那么远、连个人都没有的地方呢?她肯定会觉

[①] 雪莉(Shirley)是长岛南岸布鲁克海文镇(Brookhaven)的一个小村庄,因开发此地的沃尔特·T.雪莉(Walter T. Shirley)而得名。
[②] 指1996年环球航空800号班机空难事件。

得无聊的。我确定。

总之，通灵师阿莉西亚说，我不该尝试新事物，比方说新工作。是的，她在信中提到了工作。现在必须非常小心。如今可不是发生点儿什么的时候，而是停下来反思的时候。

通灵师阿莉西亚还说，某个人，据说是一位旧情人，会再次燃起火焰。但她建议我一定要小心，因为现在做任何事都不合适。哈！旧情人？是来找我的吗？

最后一个出于这个原因来找我的男人是何塞。这种事发生过很多次。我的意思是，发生了很多很多次，持续了很多年。但我俩只是闹着玩儿的。

听我说，何塞在百老汇开了家"万能商店"。店里简直什么都有。而且他还把商店塞得满满的。至于钻头或锤子之类的东西，要是我们保证能把它们按原样还回来，他就会让我们借走它们。他的生意能做这么久，是因为他并不关心赚钱，这还挺不可思议的。有一天，我得复制一把钥匙。他很忙，便没让我等，而是答应在商店打烊后把东西送到我的公寓。

他来的时候，我请他喝了咖啡。他一定很喜欢我做的咖啡，因为之后他来过很多次。我对他来找我没有什么想法。他家里有一个好女人。我们都喜欢他的老婆，是个古巴人。后来我们发现她不是古巴人，而是来自委内瑞拉。她负责收银，给所有东西都贴上标签，这样我们就很容易知道价格。她的个人品质，就像何塞所说的那样，非常适合他的商店。但在他的家里，这种做事有条理的个人品质把何塞逼疯了。他能吃什么，能喝什么，不能坐在哪里，不能把脚放在哪里，都由她来决定。

我早习惯了男人坐在我的厨房里聊天。何塞会来找我。埃尔南会来找我。我的弟弟拉法，也会来找我。他们来找我，是为了逃避这个世界，你知道吗？

但我又不是三岁小孩。要是一个男人向一个独自过日子的女人抱怨他老婆不好，你要么相信，要么不信。我需要转移注意力，不去想费尔南多。所以，何塞出现在我面前时，我让他坐在客厅的沙发上，把脚放在咖啡桌上——连鞋都不用脱。哈！我给他上了杯咖啡，很甜，正合他的口味。当他想在公寓里抽烟时，我在咖啡桌上放了个烟灰缸，说：抽吧。你需要火柴吗？

他点了一支烟，然后忘掉了那支烟。

你有威士忌吗？他问。

我从来没有在公寓里放过酒，因为我不喜欢把酒给拉法喝，他总是一直喝到瓶子见底。

等到第二次，我已经为何塞做好了准备。我买了一瓶威士忌。当我把威士忌倒在冰块上的时候,他看我的眼神,哎呀,那可真是绝了!我们变得像绸缎一样。

每来一次——就重复一回。

我看起来很不错,不像是我这个岁数的人,但并不是每天都有这样的男人出现在你家门口。何塞长得不丑——很高,肩膀很宽,鼻子很挺。你在听我说话吗?你点了点头,说你明白,但我觉得你太年轻了,其实不明白。当你到了我这个年纪,就算吃再多的鱼和牛油果,喝一加仑又一加仑的水,也不足以让那里一直很紧致水嫩。

哎呀,我让你脸红了。不好意思。

只不过我永远不能把何塞的事情告诉露露。她要是发现了,肯定会诅咒我的。她不会故意这样做。人们只会在没有意识的时候才诅咒。

我知道,我知道,我们还有正事要做。但我跟你说,每次何塞按门铃的时候——我都会开门。我准备好了。我可是认真的。我刮了腿毛。我把那里的毛剃了。我穿上了新内裤——有蕾丝的那种。我关掉了所有的灯,在黑暗中微笑着迎接他。

我和他一样,也需要逃到一个不用讲规矩的地方。

我给他按摩了肩膀,一直等到他觉得舒服了才停下来。

当他看着我的时候,你知道那表情是什么样的。我把收音机的音乐开得很大,然后像马一样爬到他身上,转过身,把背靠在他的胸口上。我们没有看对方。我们的思想很自由。何塞抓住了我——没用狠劲,但很有力,你懂我的意思吧。哎呀,感觉很棒。他从来没有把所有衣服都脱了。我喜欢这样。这让人感觉没那么糟糕。我用他的手来触碰我身上那些敏感的地方,这里,这里,还有这里,这时他进入了我的身体,感觉太棒了。啊!

有很多次,他都对我说,你就像个梦。

男人生活在云上。

等他离开后,我穿上睡衣,用发帽包住头发。把妆卸掉,这样我的脸就可以呼吸了。关掉音乐,打开电视,看电视剧。这套公寓归我一个人,别提有多舒坦了。

不需要有人知道我们之间发生了什么。保守秘密的感觉很好,就像祷告一样。你没必要告诉大家你做了祷告。我可用不着有人跑来说我做错了什么。我这辈子过得最不开心的那几年,何塞就是我的开心果。他让我的公寓变得没那么空荡荡了。

听我说,有人提醒我们还活着,这种感觉很棒。所以说,

123

埃尔南是个好人。

不,别那样看着我。我们是一家人。但不管怎么说,他可是个男人,要是他对我没有反应,那他恐怕是个死人。

有一次,胡里奥把牛奶泼在了我的衬衫上。简直是个灾难。牛奶流到了我的衬衫和裤子上,我只好把所有衣服都脱掉。那天,我在安赫拉的公寓里看孩子,于是我走到她的衣橱旁,但那个瘦子的衣服都不适合我。我又翻了翻埃尔南的衣橱。好吧,我承认我喜欢那股汗水和古龙水的味道。然后,我听到埃尔南用那种慈祥的声音叫我的名字。

卡拉?

他正站在卧室的入口。门我一直开着,好方便我听到孩子们的声音。

瞧啊,真该死!我的毛巾掉到了地上。谢天谢地,我背对着他。我用手遮住胸,捡起了毛巾。就像是我偷东西被人逮住了。接下来我该怎么办?我当时只穿着内裤。接着我看到他在房间另一边墙上的镜子里看着我。他像雕像一样站着,我也像一座雕像。然后我又把毛巾掉到了地上。结果我看到了,不可能看不到——埃尔南就像柱子一样硬了。

难怪安赫拉会这么嫉妒埃尔南。他很漂亮。我的意思是,他不帅——不是电影明星的那种帅,要更温柔、性感,像圣方济各一样。你知道的,就是那个喜欢动物的圣人。

所以说,是的,这件事也一样,我没办法跟别人说。

哎呀,天哪,我在你的办公室是怎么了?我说了太多了。

嗯,我去喝杯水。

也许是因为这里的灯光太亮了,墙壁看起来像一张没有化妆的脸。你为什么不化妆?你还年轻。是时候找个对象了。你不喜欢化妆?你只需要简单化一下就行。我敢肯定,你看到了我眼睛周围和脸上的褶皱吧。你涂了面霜,没有吗?每天,你都得涂面霜,还要戴一顶大帽子,这样太阳就不会晒到你。我像你这么大的时候还不知道这些。看看我的额头——皱纹都快把我逼疯了。要是我知道年轻时又哭又笑会让自己变成这个样子,我这辈子就不会笑那么多次,哭那么多次了。至少在这方面你得听我一句劝。

但是,说真的,不要把这些告诉别人,尤其是露露。也许她明年需要参加这个项目,到时候她就满五十五岁,正式成为老人了。希望奥巴马能行行好,别把项目砍掉。可你也得答应我,要是露露坐在这把椅子上,我说的话决不能传出去。你能答应吗?好,很好。

要是露露知道了何塞的事,她肯定会说,让他离开自己的妻子，给你个正式的名分。

我活得够久了。我知道，生活不是电影。如果何塞离开自己的妻子，对我认真起来，你觉得他还会像过去那些年那样，在沙发上跟我一起做运动吗？我可不这么觉得！他会像我的弟弟拉法一样，下班回家后坐在电视机前的沙发上，一直喝到自己睡着。可怜的米格利娜。要是她敢说什么，他就会冲她大喊：滚开，女人！你就不能让我放松几小时吗？米格利娜比我们所有人都更加孤独，因为拉法每喝一杯，就会离她越来越远。

每当我想到何塞的那位好老婆，我就觉得她是另一个米格利娜——很能忍。最后，我把这个男人治得服服帖帖的。我从来没吃过亏，只占过便宜。我们相互照顾了很多年，照顾得很好。你知道吗？何塞还会来我的公寓，但跟以前不一样了。他在中风后关闭了他的万能商店，然后像李子一样缩成了一团。

哎呀，不好意思。我向你发誓，不说我那些事了。在这里，我说起话来，像是在吐东西一样。自从与何塞分手以后，我就没有和男人在一起过。那是什么时候的事？六年前吧。太疯狂了。我认识的大多数女人已经不干那档子事儿了，除非她们瞒着别人偷偷干。

你可以把任何事情告诉我，我的嘴很严的。

把这句话记下来：卡拉·罗梅罗从来不会把香肠给猪看。

露露要是有了情人，一定不会保密，她特别喜欢到处去说。原本是一件小事，她却非要弄得大家都知道。我都不知道还有谁比露露更爱说话。

露露说的很多话都是这样开头的：别忘了，要不是因为我……

在学校，我总是允许露露显摆，因为她的英语真的很好。她能用英语读东西，英文写得也很好，而且她还是我们楼里第一个有电脑的人。她希望历史书能把这一点记下来。所以露露在学校里的话很多，因为她似乎什么都知道。但当我说些什么时，人们都愿意听。这是我从我爸爸那里学到的。你说得越少，人们就越愿意听。

我来跟你举个例子：学校给了我们一张地铁卡，上面有大都会运输署[①]制作的地图。老师把列车线路图挂在墙上，把学校的位置圈了起来，还圈出了我们可以一起参观的地方：自由女神像、植物园、移民博物馆、艺术博物馆、布朗克斯

[①] 大都会运输署（The Metropolitan Transportation Authority）是管理美国纽约州纽约市公共交通的管理机构，是纽约地铁、长岛铁路、大都会北方铁路、斯塔滕岛铁路的运营者，也是美国最大的交通管理网络。

的动物园。

你想先去哪里，卡拉？老师问。

哈！当大家都转过身来听我说话时，你真该看看露露的表情。就像在工厂里一样，人们看着我，仿佛做主的人是我。

我说，我想去看自由女神像。

于是我们去了。

我跟你讲，去自由女神像那里并不容易。我们先得坐地铁，接着坐公共汽车，然后坐船，再然后得走啊走，一共花了两小时。直到那时，我才了解到纽约很大。真的很大！

老师问我们想不想买一张特别门票去皇冠上看一看，我当然说我想。露露也说想。一开始，几乎所有人都说想。她说，要爬很多层楼梯。对我来说，这不是问题。我们大楼里的电梯每次都是坏的。你看到我腿上的肌肉了吗？

你去参观过自由女神像吗？没有吗？只有游客才会去参观。哈！我们那天当了一天的游客。

自由女神像在一个岛上。很大。老师见我张大了嘴，她说，等你登上皇冠，看一看纽约市以后再张嘴吧。

虽然生活里有许多糟心事，但当个游客的感觉还是很不错的。

我们坐电梯来到了自由女神像的脚下。老师向我们展示了登上皇冠的一百六十二级台阶的照片,然后有将近一半的人说,他们就在长椅上等着,包括露露。她跟大家说,我爬不动楼梯。说的是我——卡拉·罗梅罗!她想都没想便把我拉到长椅旁,让我和她坐在一起。

我想去看皇冠,我说完后,便跟着老师往楼梯走了。

你真想看?

嗯,是的。

好吧,露露说,我是因为你,因为你的膝盖才留在下面的。我们走吧!

今天我的膝盖不疼,我说。

很好,露露说,我们得爬一百六十二级台阶。

台阶很窄,而且是螺旋形。我看着自己的脚,每走一步就数一步,所以我一直都知道自己走到哪儿了。我告诉露露,不要抬头。看起来不可能做到,但我们能做到。

爬到第四十四级时,我问露露要不要休息一下,她说不用。等我到了第七十五级,我的腿开始发烫,不过,因为我在公寓里做了锻炼——身体上上下下,就好像你要坐下来了,却没坐下来——所以我感觉还不错。但我听得出来,露露已经在喘了。

你没事吧?

你为什么要问我这种问题？露露说。

露露在我前面。她喘得很厉害，于是我把手放在她的背上，托着她。

我们慢吞吞地到达了皇冠。露露捂着肚子。我抓着她的胳膊，领着她去看了纽约城。真漂亮啊。我们在那里待了很久，久到露露的呼吸恢复了正常。我感觉不到自己的腿，但我很高兴能和露露看到城市的全貌。

天哪，卡拉·罗梅罗，从阿托马约尔来到了自由女神像的顶端。

好吧，好吧，行吧，我来跟你说一说面试的事。那位女士人非常好。她比我小不了几岁，但还带着孩子。你也知道美国人是怎么回事，他们永远在等着生孩子，结果得拼了老命才能把孩子生下来。

好吧，好吧，那位女士有一栋漂亮的房子。房子里有一些植物，给房子带来了一点儿生气。还有一幅画，非常现代，在房间里特别扎眼。我不知道画的是一只蓝色的青蛙，还是一头蓝色的大象，也许是一朵云，也许什么都是。

她需要我每星期工作四个晚上，有时候得工作五到六个晚上。

我经常旅游,她说。

真可悲!她的孩子要花很多时间和他们不认识的人在一起。

只能说西班牙语,她说。

好的,当然啦,没问题,我说。她说起话来很快,不像我或者你:很不一样。就好像她没有空气可以呼吸。当我紧张的时候,我听不懂人们在说什么。

但我知道,我不想睡在别人家。我要怎么照顾卡里达老太太,又要怎么照顾安赫拉的孩子们呢?要是我睡在这位女士的家里,露露早上会做些什么呢?

是啊,露露。我跟你说过,她需要我。昨天晚上,她拿着一瓶葡萄酒到我公寓来了。

我该拿阿多尼斯怎么办?她一边问,一边递给我一个杯子。

显然,阿多尼斯的情况比我们想象的还要糟糕。他去年就知道自己要被解雇了,去年就知道了!但他没有做好计划。反正他还是和孩子们一起坐了那趟豪华游轮。他可怜的妻子帕特里夏压根不清楚他们遇到了什么问题。等他丢了工作以后,他假装自己还有班上,假装了几个月。

露露遇到了真正的危机。你不会相信的。又或许你会相信，因为露露可能有点儿夸张。她脱下紧身内衣，扔出了窗外。做出这种事情的，居然是一个从起床以后就穿上紧身内衣的女人。尺码总是太小。她甚至没法弯下腰从地板上捡东西。胸高高地隆起，像导弹一样。

想象一下，可怜的露露站在窗前，只穿着她的睡袍。她是从什么时候开始在屋外穿睡袍的？我能看到睡袍里都有些什么。我以前可从没见过她的肚子，她的胸都垂向了地板。

我去给你拿来，我说完后便冲到窗前，确认紧身内衣还在不在下面。可它不见了。消失了。谁会从大街上拿走紧身内衣呢？也就华盛顿高地才有这样的人。

我能看到她头发上有一些灰色的发根，她的额头边上有半英寸的灰头发。我不知道她的头发灰成什么样了。

阿多尼斯出事后，露露看起来老了十岁，又或许老了二十岁。她肯定有一整个星期没吃东西了，因为她被掏空了，一点儿生气也没有。孩子们受苦的时候，妈妈们怎么会高兴呢？不可能的啊。

也许我总是不知道该说些什么，可是，当我看到她垮掉的时候，我就知道，住得很近非常重要。在电话里，我永远看不到新长的那些灰头发，也看不到她的眼睛，每一只眼睛都像是一个洞口。

你为什么不能在我的公寓里给我找份工作呢?

我还有五年才能拿到社会保障金。露露还有七年！只靠那笔钱过日子是不可能的。露露和我原本计划工作到七十岁——退休后的那笔额外的奖金会用来在迈阿密买公寓，或者在坦帕①买两栋小房子，或者去别的天气很热，还有海滩的地方。我们觉得，有一天，我们可以有更多的空间，不用一个人住在另一个人的楼上，也不会通过一根加热管听到各种声音。我们的房子到时候会相互对着，这样我们就可以在门口的露台互相打招呼了。

这个梦想现在已经很遥远了。现在，她都把紧身内衣扔到窗户外了。

哎呀，天哪！我们要失去我们的公寓了！最后只能流落街头！在公园的长凳上，用不新鲜的面包喂鸽子！

我们向窗外望去，看着夜晚笼罩着街道，街上到处都是人，他们走进了那些一杯咖啡卖四美元的餐馆，一个汉堡包要卖十六美元。啐！

要是没有钱，我该怎么帮阿多尼斯呢？她问。

我说，我们把酒喝了吧。我给我们做了晚餐。做的是香

---

① 坦帕（Tampa）是位于美国佛罗里达半岛西岸的海港城市。

蕉，跟太阳一个颜色。

可就像我之前跟你说的那样，水星在逆行。通灵师阿莉西亚是这么说的。所以，忘了接下来的四个星期吧。眼下，露露不想听别人说情况会变好。她想哭，但哭不出来。那她能做些什么呢？她喝了更多的酒。就算是哭，她也没有松一口气。啊，露露，我只能说，要坚强点儿……等着瞧吧，我们的下一份工作会付我们双倍的工资。

— 佳而惠楼宇有限公司 —

计费发票 #452906

小多米尼加

纽约州，纽约市，10032

买方：卡拉·罗梅罗

发票

月租（2009年3月）	$888.00
未结余额	$1,678.00
收到付款（03/10/2009）：	-$250.00
滞纳金：	$40.00

剩余应付：$2,356.00

每月一号之前需缴纳房租。请按时缴纳房租，以免产生滞纳金。

— 奎斯奎亚牙科诊所 —

纽约，华盛顿高地

服务与价格明细

病人： 卡拉·罗梅罗	病人： 654321	账号： 123456
时间： 04/18/2008	单区牙周洁治与根面平整	$182.00
时间： 07/30/2008	单区牙周洁治与根面平整	$182.00
时间： 11/18/2008	（积极治疗后的）牙周维护	$110.00

待付金额：$474.00

预付定金（30%）：$142.20

可用付款计划：

利率为 5.9% 至 12%

可根据要求，提供 12 至 24 期的按月分期付款服务。

— 职位详情 —

◎ **全职**
   完整职位描述：
   岗位： 中学六至九年级，保安
   位置： 纽约州，因伍德，纽约市特许中学

◎ **工作职责：**
   - 监控学生进出学校
   - 发现并阻止入侵者
   - 监督和维持餐厅秩序
   - 接收和检查所有邮件与包裹
   - 参加每周例会，讨论工作场所目前的问题
   - 必要时加班，保证家长会和学生活动顺利进行
   - 接听和转接电话
   - 鼓励并确保学生遵守学校的各项规定（涉及校服、手机、个人证件等）
   - 记录异常事件并收集证人证词
   - 如遇紧急情况，请联系警察、消防部门或紧急医疗

服务部门

◎ **任职条件：**
- 必须持有八小时和十六小时课程的保安员证书
- 有高中学历者优先，但不做强制要求
- 能够经常且有效与学生家长或家人沟通
- 相信所有学生都能学习并取得高水平的成就

◎ **工资待遇：**
具有竞争力的工资，薪资与经验和证书挂钩

有意者可将简历和求职信发送至：纽约市特许中学。该雇主倡导机会均等，不会因为种族、肤色、信仰、性别、年龄、国籍、婚姻状况、性取向或精神/身体残疾而歧视任何个人或群体。

第七次面谈

我今天有个天大的好消息要告诉你。通灵师阿莉西亚终于给我写了信,谈到了钱。她说我一个月后会走好运。也许会得到一份工作!谁知道还会得到些什么呢。因为她说到时候会发生三件事。三件事!听我说,听我说,我让安赫拉在她的办公室把信打印出来了,这样你就会明白,通灵师阿莉西亚不是个机器人。

亲爱的 Carabonita,

我真为你感到高兴。命运把我带进了你的生活,这样一来,我就可以把这个好消息告诉你。你的守护神向我传达了这条信息。照顾好大家之后,你也有机会照顾好自己。你的好运在等着你。你应该过上幸福的生活。

请记下这个特殊的日子：从现在开始，四个星期以后，你的生活将发生巨变。赶紧去找一本日历，把这个日期记下来。这一天发生的一切将给你的人生道路带来不可逆转的改变。这将是你第一次走运，接下来还有两次。你得相信我。我清清楚楚地看见了你的未来。我知道我们没见过面，可是，Carabonita，我再怎么强调你的情况有多罕见也不为过。星星们都在为你工作！

我相信，你在这段时间里能见到数千美元。你能想象有经济保障，有人爱的生活是什么样的吗？我做这行已经很久了，Carabonita。如果我无法完全确信你的生活即将发生改变，我可不会费心写信给你。

我知道你在经济上遇到了困难，Carabonita，所以我打算做些不寻常的事。为了帮你摆脱困境，我打算少收你一些钱，你比我许多客户付的钱要少。不要错过这个机会。我只需要一小笔钱，这笔钱会用来支付基本的设备费用。再说，也不会有任何风险！

Carabonita，我知道我预测的结果听起来实在是太好了，不像是真的，所以我不要求你相信我说的话。请让我接受考验吧。如果出于某种原因，我的幻觉误导了自己，那我不想要你的钱。如果发生这种情况，请告诉我，我会无条件地把钱全部退还给你。

我还想对你说：不要因为你即将收获的美好事物而感到内疚。记住，没有人比你更值得拥有这一切。

爱你的朋友和精神导师

通灵师阿莉西亚

你觉得她说起话来像机器人吗？她知道我需要钱，也知道我为了确保大家都没事，牺牲了自己，成全了别人。这项工作非常不容易。我把这封信拿给了露露看，她却说，这是个骗局。是骗局！

可是，那些写给我的电子邮件，内容都非常具体！不只是这一封，每一封都很具体。即使我不给她寄钱，她也会继续给我写信。瓦尔特·梅尔卡多每天都上电视的时候——哎呀！他再也不会上电视了，真是太糟糕了——他对我说了些话。好吧，是的，是对我，还有每个看电视的观众说的。他说，能看见未来的人有责任告诉大家他们看到了什么。就算他没有上电视，瓦尔特也得走上街头，跟大家说说自己看到的那些画面。拥有这样的能力是一种特权。所以我相信通灵师阿莉西亚，哪怕露露对我说，我肯定是疯了才会相信她。

但我很小心。我能闻到骗局的气味。

比方说,我曾收到过一位来自尼日利亚的母亲的请求,那位母亲失去了一切。

帮帮我。马上给我寄钱,我保证到时候会还双倍,她说。

那个尼日利亚女人独自带着她的孩子,逃离了一个粗暴的男人,那人是一个国王的儿子。她把他从他父亲那里继承的钱都转移到了一个秘密的银行账户里,而且只有她知道密码。如果你帮助我,我将和你分享我的财富,她说。

这封信让我想到了所有像我一样的女人,她们都逃离了曾在半夜发疯,把另一个男人的腿砍下来的男人。我离开里卡多时都没私房钱可藏。他甚至没有足够的钱给摩托车加汽油。离开阿托马约尔的时候,我什么都没有,只有费尔南多和两三样东西。但我想说的是,一个屠夫和一个王子在生气的时候有更多的共同点。

不,我没有给那个尼日利亚女人寄钱。我没那个钱。但我差一点儿就告诉她,我明白她过的是什么样的日子,因为我也逃跑过。

最好不要回信。因为有时候,要是你把门开了一道缝,人们就会进入你的公寓。你明白我的意思吗?

卡里达老太太说，我可以当个好保安。你觉得呢？也许我可以在学校当个保安，因为我很擅长保护孩子们的安全。

就像那天一样，安赫拉和我，还有雅迪蕾赛拉一起走在百老汇大街上。安赫拉想让我成为美国公民，因为现在绿卡就像旅游签证一样。我们有很多地方要去，要去图书馆，要去照相馆为我过期很多年的护照拍照。在她搬去长岛之前，她希望我把所有证件都整理好。

即便水星逆行，她也从银行拿到了自己需要的贷款。可她在谈到长岛的时候，说得就好像要去月球一样。

好吧，我接着说，我们走在路上，然后一个我从来没见过的男人出现在了那家汉堡店的前面。你知道那家店吧？就是你要是吃一个，不会有什么问题，但要是吃两个，就会把屎拉在裤子里的那家店。哦，你知道啊？你喜欢那家店吗？哎呀。每一次吃，我肚子都会痛。

总之，有很多陌生人会经过这一片区域，因为你很容易就能去乔治·华盛顿大桥，然后上公路。安赫拉和雅迪蕾赛拉走在路上，然后这个男人冲雅迪蕾赛拉眨了眨眼，没冲我眨眼。这太奇怪了。雅迪蕾赛拉只有十岁。这个男人穿着一套上好的羊毛西装，他的鞋子很干净，还很花哨，他的指甲也修剪过。不过我觉得很可疑。

哇，你长大了，那男人对雅迪蕾赛拉说。

我认识你吗？安赫拉问那男人。

我们走吧，我一边说，一边拉住安赫拉。我觉得脖子后面有一种凉飕飕的感觉。

可安赫拉这个人，尤其是在我试着告诉她该怎么做的时候，总是爱反着做。

你长得真像你爸爸，那男人说道。

就连白痴都看得出来雅迪蕾赛拉跟她爸爸长得很像，因为她一点儿也不像安赫拉。

你认识埃尔南？你也在医院工作？安赫拉一边说，一边把信息都告诉了那个男人。她念了这么多的书，结果却变成了一个真正的傻瓜。

哦，当然啦。大家都认识埃尔南，他说。

我能给你拍张照片，给我老婆看一看吗？那男人问。她不会相信时间已经过了这么久。

但我注意到那个陌生男人没有戴戒指。为什么要说起他有个老婆？你不觉得这不妥当吗？

我又拉了拉安赫拉的胳膊。

哎呀，卡拉，你这是怎么了？她说。

安赫拉和雅迪蕾赛拉摆了个造型，然后又摆了个造型，就好像她们在给某个杂志拍模特照。

听我说,我不在乎这个男人看起来有多帅。除了她爸爸,任何男人都不应该有雅迪蕾赛拉的照片。

你几岁了?九岁,十岁?那得读几年级,五年级?

他问了太多问题。

六年级,安赫拉说。她非常聪明,而且很会唱歌。下个星期天,她会在利马圣罗斯教堂①举办一场独唱会。

你明白我的意思吗?安赫拉真傻,把所有信息都告诉了他。

哦,我知道那座教堂,他说。

在他们忙着说话的时候,我拿出了放在小包里的相机——我带相机,就是为了在这时候派上用场——然后拍了一张照片。这样一来,万一我们要做通缉令,就不缺照片了。

后来,我冲安赫拉大喊大叫起来:你为什么要把雅迪蕾赛拉教坏,让她在街上和陌生人讲话?

他认识埃尔南啊,她说。

我们又不知道他是不是真的认识,我说。

第二天,我去了雅迪蕾赛拉的学校,在外面等她出来。

---

① 利马圣罗斯教堂(St. Rose of Lima)位于纽约市曼哈顿华盛顿高地附近的奥杜邦大道和阿姆斯特丹大道之间的西 165 街 510 号,始建于 1902 年。

安赫拉说，雅迪蕾赛拉可以自己放学走路回家。我每天都看新闻，我知道那些十几岁的女孩子出过很多事。安赫拉觉得我患了妄想症。她说我们不能往最坏的方面想，我们得往最好的方面想。这也许对她很管用，因为不管安赫拉要什么，她都能得到。

从她来到纽约的那一刻起，她就说自己要做个专才。她花了七年时间完成学业，所幸最后拿到了文凭。她说她想找个好丈夫，生两个孩子，结果现在嫁给了埃尔南；她说她想买套房子，结果现在买了一套房子。她相信，如果你照计划去做，你什么都能做到。但我觉得，你也可能像我一样努力，却什么也得不到。人这辈子，得足够幸运才行。我没有寄钱给通灵师阿莉西亚，但我照她说的，在日历上画了一个大圆圈。

总之，雅迪蕾赛拉放学后，我就跟着她。我知道这很奇怪，但我不想让她看到我一直跟着她。我跟着费尔南多的时候，他很不高兴。这让我们有了许多矛盾，还让他觉得丢脸。可男孩子也经常出事，所以我尽了全力，想保证费尔南多的安全。但这并不容易。

想象一下我和雅迪蕾赛拉在一起是什么样子吧。我跟她很亲近。要是她出了什么事，我也活不了了。音乐会那天，我站在教堂的后面，靠近入口，听她唱歌。啊，将来你应该去听一听她唱歌。她比电视上的那些歌手都好。

总之，我没看到那个陌生男人，但他有可能看到了我。他知道我拍了他的照片，所以行动起来得小心一点儿。

你知道发生了什么吗？就在那个星期，我在新闻上看到，这一带有个十二岁的小女孩失踪了。后来，我在街上看到了寻人启事。

寻人启事

佩内洛普·冈萨雷斯／女性／西班牙裔黑人／十二岁／出生日期：一九九七年五月一日／身高五英尺四英寸，体重一百一十磅[①]，中等肤色、棕色头发与棕色眼睛。她最后一次露面时穿着黑色运动衫、黑色卫衣和凉鞋。

和雅迪蕾赛拉没有很大的不同。出事的地方离我们的住址只有八个街区。

你猜怎么着？记者警告家长不要在电脑上分享孩子的照片，尤其不要分享你能在背景里识别出所在学校的照片。你明白吗？他们说有些陌生男人会拍照，把照片放在电脑上。

[①] 5英尺4英寸约为1.63米，110磅约为50千克。

他们会把女孩子拐卖掉。他们只需要确认照片里的学校是哪一所。他们监视她们,把她们抓住,拐到另一个州。他们会给她们改名字,这样她们就永远消失了。

我不介意安赫拉说我有妄想症。她不明白我们生活在一个危险的世界,身边都是病得很严重的人。得有人来照看孩子。

你听说过有妄想症的猴子的故事吗?没听说过吗?那我讲给你听吧。我的邻居马里波萨告诉我,科学家们注意到丛林里的猴子给其他猴子带来了很大的麻烦。于是他们暂时把那些猴子带走,打算研究它们,这样他们到头来就能帮助那些有妄想症的人。他们给那些有妄想症的人吃了药,于是那些人变得更冷静了。但你知道发生了什么吗?等到他们带着猴子回到社区时,大家要么死了,要么消失了。你知道为什么吗?因为社区需要像我这样的人来关注危险。大家不能保持冷静。保持冷静是一种奢侈!

所以说,是的,要是我在学校做保安工作,我可以坐在那里看摄像机,确保陌生男人永远不会进学校。

啊,你说得对!这就跟我看十五频道的时候一样。

最近,我在十五频道上看到了一些东西,这说明我特别关心孩子们的安全。

我邻居的女儿——萨布丽娜，在晚上十一点左右的时候穿着睡衣和有毛球的鞋子，出现在了大厅里，天气可真够冷的！她当时在为自己的一个穿着天主教学校校服的朋友开门。然后那两人就从摄像机的镜头里消失了。兴许是抽烟去了？以前，我们更担心男孩子。但现在，女孩子和男孩子一样，也抽烟。第二天早上，我发现楼梯上到处是零零散散的烟丝。

这栋楼里发生的事我都知道。萨布丽娜的妈妈打了两份工，这样她那个据说很聪明的女儿就可以去念卡布里尼女子高中了。那是这一带最好的天主教学校之一。她在晚上工作的时候会把两个女儿交给外婆，但那位外婆经常忘事。如果有谁还需要一双眼睛和一对耳朵，那人就是萨布丽娜。

为什么另一个女孩还穿着校服，就好像她无家可归一样？

费尔南多离开后，我有很多个晚上没有睡觉，以为费尔南多也待在这样的大厅里。在我遇到亚历克西斯之前，我很担心。"要是费尔南多像那些没有家人的人一样，睡在楼梯和公园的长椅上，那该怎么办？那些孩子还有着大好的人生，如果有人逼他们为了一个汉堡做出恶心的事情，那该怎么办？萨布丽娜的那个朋友甚至连背包都没有背！"

所以，当我看到萨布丽娜在另一个晚上出现在大厅，而且她又和她的朋友一起从镜头里消失了的时候，我想，我也许应该和她谈一谈。萨布丽娜需要知道，电视机里能看到她在干什么。我没有在镜头里看到她让男孩子们进来，只看到她让那个年轻的朋友进来——但在一个谣言传得很快的大楼里，她会被抓住的。

于是我穿上外套，走下楼梯。我听到她们在下面那一层楼笑。她们的声音越来越大，接着，一切突然安静了下来。然后是那股味道。天哪，那股味道。她们一直在吸大麻，好像不知道大麻会让她们长不大。就像活板门一样，会把她们引向海洛因。我的心都碎了。

她只是个小女孩，得把注意力放在学业上，这样才能找到一份有医疗保险的好工作。远离毒品和酗酒。这是所有妈妈的愿望。而且萨布丽娜也很漂亮。特别漂亮。

我往下走，离她们很近，可以看到那两个女孩正手牵着手。然后萨布丽娜走近了那个穿校服的女孩。你们在干什么？我想说，但我说不出话来。她们亲上了，嘴对嘴，接着又亲了一次。快停下来！我说道，但也许只在心里这么说了。因为她们又亲了几次。我想救救萨布丽娜。她对这个世界了解多少？她正在毁掉自己的生活。可我卡住了。我跟你说过，我一紧张就说不出话来。她们亲起来就像世界看不见她们一样。再然后,我想起了那种感觉,就是那种亲完以后才认识到自己做了错事、坏事的感觉。以前的我也有过这种感觉,那时候,我是因为好奇才去亲别人的。

那个穿着校服的女孩背靠在墙上,她睁开眼睛时看到了我。她推开了萨布丽娜。她们看起来非常怕我。怕我!

不好意思,我说。

我的钥匙掉在了地上。我把它们捡了起来,然后往回走,上了楼。要是我装作什么都没发生,她兴许就能保持清白。嗯,我不打算把自己看到的告诉她母亲,但萨布丽娜不知道这一点。

为什么不告诉呢?啊,也许她会狠狠地揍萨布丽娜一顿,也许会用上她放在门旁边的那根棒球棒。我不知道。我想到了费尔南多。我现在算是明白了,我本该对他更温柔一些。他走之前,我还不明白这个道理。我吃了大亏,才明白你得对孩子温柔一些,不然的话,你就会永远失去他们。

哎呀,是的,我想要一张纸巾。瞧瞧你都对我做了什么。

我不知道。我不知道费尔南多怎么看我,但我还是每天都希望他会回来,会坐在我的厨房里,吃我做的饭菜。他离开的时候,我让警察帮忙找到他,但他们没帮。每次有人跟我说他们看到了他,我就去找他,就好像我是个疯女人一样。我跟我妈妈不一样,她从来没有找过我。

我跟你说过我去布朗克斯的那一次吗?嗯,就是我遇到亚历克西斯的那一次。我来一五一十地告诉你。在那之前还有一次,我不愿意去想那一次,有些事情很难说出口。费尔南多离开一年后,邻居蒂塔告诉我,她在一百八十街和派恩赫斯特大道交界的一栋楼里看见了他,据说在给楼管帮忙。我原本在这里到处找他,结果蒂塔却这么跟我说,他就在几个街区之外!

她说费尔南多戴着一顶针织帽,但不是你能在街上买到的那种,而像是有人专门给他做的。帽子是红色的,带有黄色的斑点。蒂塔喜欢织东西,这能让她放松下来,所以她首先就注意到了那顶帽子。可当他摘下帽子时,她吃了一惊,因为他两边的头发剪得很短,但上面的头发竖了起来,留了个巨大的爆炸头。

像公鸡一样?我问她。她说是的。

他看起来很健康,不算特别瘦。但脸颊上的皮肤不太好,可能是因为他喝了太多加了糖的牛奶。费尔南多早上确实很喜欢吃配了牛奶的麦片,早餐的时候他可以吃一盒。

所以我当然去看了。我从外面看到他在大厅里，帮一个正在刷墙的人扶着梯子。想象一下我是什么样的心情吧，我真是不敢相信。

费尔南多！我大喊道。我吓了他一跳，只见他松开了梯子，结果那人连同那罐油漆摔了下来。哎呀，天哪。真是乱了套。感谢上帝，那人落在了费尔南多的身上。但油漆泼得到处都是。我跑向他们。我脚底沾上了油漆，把现场弄得更乱了。

妈咪？他叫道。唉，我有那么多晚上没睡着，就是想听他叫我一声妈咪。那人问，这是你妈妈吗？

这还用问吗，我们有着同样的鼻子，同样的眼睛。听到他的声音，我很高兴。妈咪。妈咪。妈咪。他离开了将近一年。一年啊！

费尔南多的手腕上有个文身，左耳上戴着个耳环。

妈咪，你在这里干什么？

我走近闻了闻他的气味。他很好。他的眼白很明亮，瞳孔的大小也很正常。他很好。皮肤很健康。他很好。啊，这真让人伤心。就算没有我，他也很好。啊，这下我就放心了。他很好。他看起来不像个流浪汉。

妈咪，你走吧，费尔南多说。我还有一堆乱七八糟的东西要收拾呢。

我用平静的语气请他当晚来吃晚餐。

好的，他说。

他一直没来。他一直没打电话。是的，他辞掉了那份工作。也有可能他被解雇了。我不知道。可当我再去的时候，那个楼管说，费尔南多告诉管事的人，说他不想再见到我。

这个国家到底怎么了？真是太冷酷了。他们用一份文件就毁掉了一个人的生活。

哎呀，我今天说得太多了。

— 临时保护令 —

时间：2000 年，在卡拉去一百八十街与派恩赫斯特大道的交界处寻找费尔南多之后

出席方：法官阁下

家庭犯罪诉讼案

费尔南多·里卡多·罗梅罗（原告）

诉卡拉·罗梅罗（被告）

注意：如果您不遵守本保护令，您可能会被强制逮捕和刑事起诉，这可能导致您因藐视法庭而被监禁（最高可至七年）。如果您未能按要求出庭，本保护令可能会在您缺席的情况下被延长，然后继续生效，直到法院设定的新日期。

如果您再去找费尔南多，您将入狱。特此宣告。

即使受保护方已经或同意与保护令所针对的一方进行联系或沟通，本保护令仍然有效。本保护令只能由法院修改或终止。不能认为受保护方违反了本保护令。

特此命令卡拉·罗梅罗遵守以下行为准则：

远离：
[A] 费尔南多·里卡多·罗梅罗
[B] 费尔南多·里卡多·罗梅罗的住所
[C] 费尔南多·里卡多·罗梅罗的工作地点

请勿通过邮件、电话、电子邮件、语音邮件，以及其他电子方式或任何方式与费尔南多·里卡多·罗梅罗进行沟通或联系。

请勿对费尔南多·里卡多·罗梅罗实施攻击、跟踪、骚扰、严重骚扰、危害人身安全、勒杀、非法阻碍呼吸或血液循环、冒犯道德观念、毁坏财物、性侵犯、不正当性行为、强行触摸、恐吓、威胁、盗窃个人信息、重大盗窃、胁迫或任何刑事犯罪。

— 儿童和家庭服务办公室 —

小规模家庭日托服务资质申请

感谢您询问开办小型家庭日托中心的相关事宜。经营日托中心这一决定可能会对您的职业发展带来益处。我们很乐意给您寄送一份申请资料包。儿童和家庭服务办公室鼓励您寻求额外的技术援助。

此资料包包含开始申请流程所需的信息。日托中心所需文件清单包括完成此申请所需的三十份文件，其中包括：指纹采集申请表、无犯罪记录证明、从业资格与证明人、应急疏散示意图、供水测试报告、急救和心肺复苏术认证、行为管理培训证明、食谱安排表，以及为您的小型日托中心定制的行为管理和虐待儿童政策。

◎ **基本信息**

所有申请者必须年满十八岁，且必须填写此页

请将表格清楚地打印出来
申请人
姓名： 卡拉·罗梅罗

出生日期：1953年1月18日

地址：华盛顿高地

您会说英语吗：会

托育儿童数量申请

请在下方按照年龄组划分，注明您所申请的托育儿童数量。

学步儿童（十八至三十六个月）数量：2

学龄前儿童（三岁至上幼儿园）数量：2

学龄儿童（幼儿园至十二岁）数量：2

运营时间：

每天早七点到晚七点，是有可能的。

主管从业资格

教育水平：我上了学。我灰数数和认字。①

育儿经验：我是马马。我照股安赫拉和埃尔南的三个孩子。

---

① 卡拉的英文书写能力很糟糕，回答中有不少错字，这一句与下一句的回答都出现了这种情况。为了模仿这一效果，译者故意用了一些别字。另外需要说明的是，卡拉在回答中混用了一些西语。

◎ **日托人员必须具备的典型素质**
- 举起与抱起儿童
- 完成案头工作
- 驾驶车辆
- 制作食物
- 维护设备
- 在紧急情况下疏散儿童

◎ **证明人**
一号证明人：露露·桑切斯
二号证明人：埃尔南·奥尔蒂斯
三号证明人：安赫拉·罗梅罗·奥尔蒂斯

据我所知，我在这份申请表中提供的陈述是真实和准确的。

本人签名：
_____

— 儿童和家庭服务办公室 —

小规模家庭日托服务资质申请

行为管理（纪律）办法

◎ **可以接受的做法**

- 尽量肯定，而不是否定。例如，请说"让我们换个更好的词"，不要说"不可以这么说"。
- 换一种办法。遇到冲突时，用其他玩具或活动分散注意力。
- 提供选择。"你可以坐在地板上，或者坐在桌子旁玩。"
- 表扬正向行为。"谢谢你把玩具收好！"
- 在麻烦出现之前，倾听孩子们的心声，回应他们的需求；让孩子们忙起来有助于防止冲突发生。
- 孩子们会向榜样学习：请说"请"和"谢谢你"。

◎ **明令禁止的做法**

- 禁止体罚，包括摇晃、掌掴、强扭、挤捏和打屁股。
- 禁止将某一房间用来隔离儿童。不得将儿童隔离在相邻的房间、走廊、壁橱、黑暗区域、游乐区或其他无法看到或监督儿童的区域。
- 不得用食物来奖励儿童，或扣留食物来进行惩罚。

本人＿＿＿＿＿＿，同意遵守行为管理办法。

本人签名：
＿＿＿＿＿＿＿

第八次面谈

哎呀，瞧瞧！你给我准备了一杯水吗？我今天连问都不用问。哈！你一定想马上忙活起来吧。是的，我知道我们在一起的时间不多了，你想让我赶紧找份工作。这主意不错，因为我需要一份工作。但我不觉得在自己的公寓里照看孩子对我来说是个好主意。绝对不是。

你看到这玩意儿有多少张纸了吗？都跟《圣经》一样厚了。我花了好几个小时来考虑到底可不可能，然后决定——还是算了。

是的，有时候，刚住到这栋楼里的人会问我能不能照顾他们的孩子。我确实想在公寓里工作，但这个星期我出了点儿事，于是我拒绝了。不行，不行，不行。我可以照看孩子，但不能正儿八经地照看。我不想和管事的人产生纠纷，也不想跟楼里的人有矛盾。

好吧,我来说说是怎么回事。

我先说一说可怜的露露吧。阿多尼斯的事正在毁掉她。她以前比我还要胖,但现在被掏空了,衣服都能在身上晃来晃去。真是糟透了。我想让她吃点儿东西,但她没胃口。她的头发就像老女人的一样,而且现在你只看得到灰头发。这个露露简直是另一个人。要是我有钱让她去美发店,我肯定会让她去。

在我面前,露露想表现得很坚强。但在夜里,我能听到她唉声叹气的声音通过我厨房的管道传到别处。问题出就出在一开始,阿多尼斯觉得他们可以暂时租个地方,直到他找到份好工作,但他的妻子帕特里夏向露露承认,她每天都会发现阿多尼斯用信用卡购买了别的东西,但从来没付钱。每天都会收到账单。比方说,他已经有好几个月没有交孩子们的学费了。帕特里夏信任阿多尼斯,因为他有金融学位,还是从这个国家的一所特别好的学校拿到的,但现在他们遇到了大麻烦。

当然,露露觉得自己有责任。这我理解。孩子要是犯了错,当妈妈的就有责任。露露告诉他们,他们可以和她住在一起,直到他们找到落脚的地方,但阿多尼斯很特别,他说自己永远不会回到华盛顿高地。永远不会。

我不想发表意见。我握住露露的手。我让她在我的厨房里尽情发泄。露露不能哭，但就像我之前跟你说的那样，她一直说着话，喝着酒，直到不再觉得自己要淹死了。

但这不是重点，重点是阿多尼斯这一周把孩子们留给露露照顾了很多天。他告诉露露，如果他在公寓里照顾孩子，他就找不到工作。而且帕特里夏每天都要工作，连星期六都要。露露以前会去他们的公寓，和孩子们待几小时。待几小时倒是不难。可现在，他们一直和她待在一起，于是她就垮了。帕特里夏立了一长串露露必须遵守的规矩，而且容不得露露有任何意见。

不准做傻事。

睡觉前不准喝牛奶。在规定时间之外不准喝牛奶，甚至喝水也不行。

不准说不！

露露不准对孩子们说不，绝对不准。也不准在三岁孩子在墙上画画的时候做出生气的表情。帕特里夏和阿多尼斯比安赫拉更糟糕，他们想控制一切。就算是安赫拉，也不会立这么多规矩。

不准打人。

不准趴着睡。

不准吃调味汁，不准吃蛋白酥，不准放巴恰特舞曲。不准听广播。就这么定了。

只准听古典音乐。帕特里夏给了露露一些唱片，用来刺激婴儿的大脑。而且只准吃有机水果——除非果皮很厚，比如牛油果、菠萝，或者柚子。但你知道吗，在华盛顿高地是不可能找到有机水果的。非常贵。但即便遇到了危机，她还是说：只准吃有机食品。

不准看电视。绝对不准。阿多尼斯用床单盖住了露露公寓里的电视。是的，那个十八个月大的宝宝非常聪明，知道怎么用手说话。他可以用手势表达自己想喝牛奶还是水，某种吃食的味道到底好不好，他想不想再吃一点儿。

露露没有直接埋怨孩子们或帕特里夏。帕特里夏每个星期在律师事务所工作六天，这样阿多尼斯和孩子们就饿不着肚子。家里只有她一个人挣钱。露露把阿多尼斯培养成了一个鼻子朝天的人，他绝不会学那个去温蒂汉堡干活儿的律师。可阿多尼斯恰恰应该学一学那人。但我不想发表意见。

这不重要，重要的是，我读了这份申请开日托中心的文件，我相信我能举起婴儿，也能抱起婴儿。我能给他们做饭吃，给孩子们一个睡觉、玩耍和吃饭的干净地方。你也早就知道我很擅长处理紧急情况。我兴许也能学开车，但在纽约，我觉得没这个必要。我不知道案头工作是什么，但这不是问题，我确定我能做得来。至于行为管理办法，不行，我不能拿那套办法来管理那些跟我没有血缘关系的孩子。绝对不行。

我来跟你说一说是怎么回事。我很会照顾婴儿。雅迪蕾赛拉出生时，安赫拉还没准备好要孩子。但埃尔南想要孩子，想要很多孩子。要是让他拿主意，他们肯定会生出一支棒球队来的。他比安赫拉大十岁，而且已经准备好组建家庭了。但她想学习，想做个专才。她还想挣钱买属于自己的房子。她不想和许多已婚妇女一样，重新变成一个傻子。她想进步。她常说科学家已经证明从婚姻中得到好处的都是男人。她还说，妻子会生病，死得早。丈夫正好相反。

要是埃尔南不够好，没这么执着，安赫拉肯定不会结婚。就好像是他对安赫拉说，让我做你老婆吧。

所以，哪怕他在医院里工作时流了豆大的汗，雅迪蕾赛拉出生以后，埃尔南还是喂她吃东西，给她换尿布，几乎每天都要哄她睡觉。即便安赫拉据说为了照顾孩子，请了几个月的假，这些事还是归埃尔南做。安赫拉会做饭，但她还是说，哎呀，埃尔南，我更喜欢你做的饭。然后她摸起了他的耳朵,揉起了他的背,结果他就像卡里达老太太的狗菲德尔那样翻了个身,露出了肚子。就这样,他让步了。

可雅迪蕾赛拉不是个容易相处的孩子。埃尔南做得很好,但他毕竟不是孩子她妈。她不停地哭。每天下午四点到六点,雅迪蕾赛拉都会哭。哭得可真是时候,因为那时候我正好会从工厂下班。面包车把我送到家的时候是下午三点五十分。我有十分钟的时间换衣服,而雅迪蕾赛拉会像定好了闹钟一样哭起来——拼命地哭!

她是在费尔南多离开后不久出生的。所以,她哭的时候,我能感觉到自己心里也在哭。我抱着雅迪蕾赛拉,就像抱着费尔南多一样。安赫拉受不了那哭声。我一到,安赫拉就把孩子给我,然后去房间睡觉。要是让她拿主意,她会马上回到办公室工作,但埃尔南不希望孩子整天和陌生人在一起。在她这么小的时候可不行。到了晚上,安赫拉想继续学习。

所以,对埃尔南来说,我能在大楼里帮他们一把,这可是件好事。我们住在两间不同的公寓里,但也像住在一间房子里,这样很好。当我和雅迪蕾赛拉待在一起的时候,我会打开电视的公共频道,看纪录片,这会让我感到放松。我学到了很多。其中一部纪录片讲的是巴西那些被妈妈遗弃的婴儿。你知道这部纪录片吗?不知道?哦。为了让婴儿不闹腾,妇女们会脱下衬衫，让婴儿触摸她们的皮肤。于是，每次雅迪蕾赛拉哭的时候，我就让她光着身子，把她塞进我的衬衫里。这样一来，她就不哭了。所以埃尔南很喜欢我。毕竟我让家里安静了很多、很多个月。再说，我也需要安静。

皮肤接触皮肤的办法很管用。

把这句话记下来：卡拉·罗梅罗和孩子们相处得很好。

就连雅迪蕾赛拉这样不好相处的孩子，我也得来。我确实很好地控制了她的行为，现在，她吃完饭后会把自己的盘子洗了。她非常聪明，今年年中的时候，老师把她从五年级调到了六年级。这些事情我干得都不错，安赫拉的那些书可没有派上用场。

是呀，安赫拉从图书馆借了一大堆书。她似乎想做个更像样的妈妈，但她实际上的意思是，要做个比我更像样的妈妈。她以为我打了她的孩子，但我从来没打过。要是他们不听话，我只会轻轻地拍一拍他们的手。有时候，我还会用手轻轻地拍一下他们的腿。从来不打他们。

费尔南多离开后就再也没有回来过，于是安赫拉变得紧张起来，她担心自己的孩子们也会抛弃她。她说，我们不能犯我们妈妈犯过的错。但我们跟妈妈不一样，她很冷漠。她从来没有抱过我们，也没有对我们说过她爱我们。我们会对自己的孩子们说我们爱他们，而且总是拥抱他们。

你得明白：安赫拉即使想请保姆也请不了，因为太贵了。所以我们就试着自个儿解决问题。自从我没了工厂的工作，我便担起了更多照看孩子的责任。我会帮忙给他们做饭，去公共汽车站接雅迪蕾赛拉，去日托中心接米拉格罗丝。在我没了工作之前，他们每个小时得付他们的邻居十美元来干这些活儿。但他们的邻居不会像我一样给孩子们做饭、洗衣服，打扫他们的公寓。

他们现在会给我钱吗？不。他们只会给钱让我去买东西，去交水电费。没关系，因为我们是一家人，而且我也爱孩子们。

我想跟你说的是，美国的儿童比我们更容易受到精神创伤。

啊，好的。嗯，我来跟你说一说发生了什么，这样你就能明白了。你也知道，露露得照顾她的孙辈。对我来说，照顾孩子、给大家做饭是件容易事；但对露露来说，就没那么容易了。所以我得帮她。照顾孩子已经拖垮了露露。是真的！于是我请她和孩子们一起来我的公寓。这主意很好，因为安赫拉想让米拉格罗丝和别的孩子一起玩，比方说露露的孙辈。他们非常聪明,因为他们来自布鲁克林,而安赫拉很喜欢布鲁克林。她说,家长们让小朋友一起玩有助于情商的发展。于是露露和我让孩子们一起玩,我俩一边喝着酒,一边看着他们变得更加聪明。

但五岁的胡里奥和孩子们玩不到一块儿去。他就像海啸一样,因为每当他扯雅迪蕾赛拉的头发,安赫拉都不会用拖鞋打他。她会深吸一口气,摸一摸他的肩膀,看着他的眼睛,然后说:胡里奥,扯你姐姐的头发可不好。

胡里奥当然知道这样做不好。他一生下来就不太乖。他喜欢咬人、打人。他一生下来就爱捣乱。有些孩子就是这样的性格,他们一生下来就是这样的。没什么好说的。

可安赫拉想照着这份申请上的行为管理办法做。她换了一种办法。

胡里奥,我们换个法子来吸引姐姐的注意吧。胡里奥,我们不要打姐姐。胡里奥,我们都是朋友。

你知道接下来发生了什么吗?胡里奥扯起了雅迪蕾赛拉的头发,扯得更厉害了!

然后——她再也忍不住了——安赫拉在表面上试图保持冷静,说道,胡里奥,你要是不跟你的姐姐说对不起,我就让你去自个儿静一静。

让他去自个儿静一静!

你知道发生了什么吗?胡里奥没有说对不起。接着,安赫拉让他坐在另一个房间的椅子上,对他说,胡里奥,你不能站起来,除非你明白自己做错了什么。

啐!

她跟胡里奥说起话来,就好像这孩子能控制住自己一样。他其至连尿尿都控制不了。我儿子费尔南多从来不敢像胡里奥那样在床上尿尿。胡里奥五岁了,每晚都在床上尿尿!我跟你说,我很想打他的屁股,让他把坏习惯戒掉。只用给他的屁股结结实实地来上一下,用不着多大的劲儿——等他长大成人,他甚至都不会记得。只要让他知道要尊重人,不能在床上尿尿,就够了。要是安赫拉让我来管教胡里奥,他就会像雅迪蕾赛拉一样做个乖孩子,照我们说的做。

嗯,是的,上个星期我想:也许我已经开了一家日托中心,只不过没人付我钱。所以在我的公寓里开个日托中心对我来说兴许还真是份不错的工作。但胡里奥考验了我的耐心。

嗯,这倒也没什么。听我说,本来什么问题都没有。孩子们待在一起,变得越来越聪明了。雅迪蕾赛拉原本在沙发上做作业,胡里奥原本在玩他的超级英雄玩偶。我把意大利面和番茄酱放在了桌上。我去厨房待了一分钟,就在这一分钟里,我不知道为什么,胡里奥居然拿起那盘意大利面,扔在了孩子们身上。

露露尖叫了起来。孩子们哭了。雅迪蕾赛拉大喊道,姨妈!

我从厨房跑了出来,你肯定不敢相信——意面的酱汁到处都是:露露的衬衫上有,孩子们的全身都有,胡里奥的手上也有。

我们立刻检查了孩子们。他们都没事,因为我总是用冷水冲洗意大利面,所以面永远不会太烫。酱汁的温度和房间的温度一样。谢天谢地。

我的衬衫!露露叫道。

我喊了一声,胡里奥!他却大笑着在公寓里跑来跑去。

别这样,胡里奥,我说完后抓住了他的肚子。他踢来踢去,接着从我怀里逃了出来。在这一点上,我跟我妈妈很不一样。我记得安赫拉的那些指示。我吸了一口气,然后实践了行为管理。

别这样,胡里奥,我说。冷静点儿。停手,胡里奥,不然的话,我就让你自个儿去静一静。

他看着我,笑了起来。当着我的面笑!这个浑球儿,简直被宠坏了！

于是我逮住他，把他提了起来，然后我把他当成沙球晃来晃去。我铆足了劲，捏了他的胳膊。接着我喊道，你这浑球儿，臭小子，你想被我的拖鞋揍吗？胡里奥一发不可收地哭了起来。

就在这时，安赫拉来了。她什么都看到了。妈咪！妈咪！胡里奥尖叫了起来。

她朝我跑来，把胡里奥从我身边带走了。

简直跟演戏似的，就像是他被人从某个怪物的魔爪里救了出来。但我只是说说而已，我绝不会伤害胡里奥。要是我伤害了胡里奥，安赫拉永远不会原谅我，所以我绝不会伤害他。

他把安赫拉的脖子抱得特别紧，哭得像个婴儿一样。

你到底是怎么回事？安赫拉冲我大喊道。

我？

然后她看向胡里奥，说道，我的宝贝儿，我知道姨妈有时候很吓人。没事了。妈咪在这里呢。雅迪蕾赛拉，去把米拉格罗丝叫来。我们回家去，安赫拉说。

她看向我，然后尖叫起来，你就像妈妈一样！不，你比她还要差劲！再也不许你照看我的孩子了！再也不许！然后她砰的一声关上了门。

嗯,谢谢你,我还想喝点儿水。这里很干。嗯,我很难过。每当我听到摔门的声音,就好像又回到了一九九八年,那时候,费尔南多离开了,再也没有回来。我的心跳得很快,我的胸口很痛,我得坐下来,因为我的血糖在往下掉。

在过去,每当我有这种感觉的时候,我都以为自己要死了。但露露教会了我该怎么冷静下来。你知道诀窍吗?说出你看到的三样东西,听到的三样东西,然后动一动身体的三个部位。

窗户、桌子、植物。冰箱、钟表、救护车。手指、脚趾、下巴。

总之,我试着不去想往事,要知道,就算是想了,我们又能做些什么呢?

我们都犯过错,但安赫拉对我很不公平。

安赫拉总是因为某件事生气,就好像她想让我消失一样,也好像她想让妈咪、爸爸、拉法和阿托马约尔消失一样。如果埃尔南不在医院工作,她或许会搬到很远的地方,比方说波士顿、坦帕、扬克斯,别的地方都行,但华盛顿高地除外。她讨厌这一带的一切。她朝它吐口水,说它太脏、太吵、太挤、太臭。她每天都要抱怨。她很快就会离开我们，搬到长岛去了。

她根本不在乎我。她制订了许多计划，但从来没有问过我同不同意。我没有车，我该怎么去看孩子们呢？我敢肯定，也许我应该永远消失？那样一来，她也许会感激我吧。

这当然很伤人。我为她和她的孩子们做了那么多，她却这样对我。我这辈子受了这么多的苦，结果……

哎呀，你肯定会对我有一些想法的！

你还年轻着呢。你有几个文凭？你妈妈肯定很为你骄傲。瞧瞧你，有一份这么好的工作。我敢打赌，你的福利一定很好。还会拿到很高的退休金。你肯定一辈子不愁吃穿。

安赫拉也一辈子不愁吃穿。她有个退休账户。她还有埃尔南。她就快得到属于自己的房子了。可我呢，我有些什么？

对不起，你对我真是太好了。大家都在找我。卡拉，给我做饭。卡拉，给我打扫一下卫生。卡拉，去接孩子。卡拉，给我把这件事情办了。卡拉。卡拉。卡拉。可是，谁来照顾我呢？就连我的妈妈，我自己的妈妈，也不会照顾我。要是人们知道……

你想知道吗？你真想知道吗？好吧，我来跟你说说。

里卡多砍掉克里斯蒂安的腿后，我在半夜带着孩子和我的包跑了一英里，跑去了我妈妈家。我吓坏了。我试着打开大门，但门锁了。我大喊大叫，想把门打开。

费尔南多很重。天气热得像火炉一样。蚊子都快把我生吃了。安赫拉当时有十三岁，她走到窗前看了看，但什么忙都帮不上。然后妈妈打开门，走了出来。

你干了什么？她说。

妈妈，把大门打开吧。

回家去。

妈妈，求你了，我恳求着说。

回家去，回到你老公身边去。他是个好人，她说。

妈妈，我不能回到他身边。他会杀了我。

也许这是你活该。她说完后便回到屋里，还把安赫拉从窗边拽走了。

妈妈把我撇下了，我只好像个流浪汉一样，睡在外面的塑料椅子上。你知道当妈妈的把你带到荒郊野外是什么样的感觉吗？你知道对我来说，那一晚有多漫长吗？你知道自个儿待在黑暗里，只有费尔南多靠在我的胸口是什么样的感觉吗？

过了好几个小时，安赫拉打开了大门。我们一声不响地走进了卧室，然后睡着了。

第二天，妈妈在安赫拉的床上发现了我和费尔南多。她拉着安赫拉的胳膊，把安赫拉从床上扔了下来。他妈的！你这个狗娘养的！你敢不尊重我？

安赫拉跑去了客厅。妈妈抓住了她的头发，但安赫拉一直试图逃走。她把安赫拉困在角落里，让她坐在椅子上，用爸爸的皮带打她，差点儿把她打死。安赫拉强忍住泪水，没哭。这当然让妈妈更生气了。我抱着费尔南多，动弹不得。我想跳到她身上，把她从安赫拉身上拉开，但我动不了。安赫拉那时只有十三岁，和雅迪蕾赛拉差不多大，还是个小女孩。我爸爸听到了从房子另一头传来的叫喊声，便把妈妈拉开，让她停了下来。

妈妈转向我说，这都是你的错。

你知道我当时有多痛苦吗？

嗯，安赫拉也很痛苦。但我不希望这样的事情发生，我也很受伤。我不知道克里斯蒂安活着还是死了。我只知道里卡多爷们儿得有些过头，不会原谅我。要不是我爸爸劝我妈妈让我留下来，我也许早就死了。

是的，我当然很感激我妹妹鼓起勇气打开了大门，当然！你用不着问我这个问题。我跟安赫拉保证过许多次——许多、许多次，我说等妈妈揍她的那些伤好了以后，我会帮她来纽约。后来我说到做到了。不过安赫拉还是很生我的气。

你得相信我，我跟我妈妈可不一样。

我不记得我们住在阿托马约尔的时候有没有空一起玩或吃饭。但在纽约，费尔南多还和我们住在一起的时候，我们像一家人一样一起吃饭。我们在厨房里看电视，几乎每个晚上都哈哈大笑。安赫拉或者埃尔南和我们一起吃饭时，那种氛围很好，因为他俩的关系很亲密。他们用英语谈论电视或音乐时，我虽然听不懂英语，但还是在他们笑的时候一起跟着笑了。

我从来都不像我妈妈那样心狠，也从来都不会对孩子们很冷漠。

好吧，有时候，费尔南多也会和我吵架。比方说，要是我不让他关上他房间的门，他就会和我吵架。他想有属于自己的空间。我告诉他，是我付的房租，所以我来定规矩。门得一直开着。话说回来，他能有什么秘密瞒着我呢？他整天都在自己的房间里听音乐。我让他自个儿待着，这不是什么问题。我只会提一个要求：打扫厕所、丢垃圾、洗碗、在学校里表现得好一点儿。

哎呀,等一下,我得再喝点儿水,可以吧?谢谢你。

听我说,我确实犯了些错,但他离开的那天是个意外。

对的,是个意外。那天是星期天,我在熨衣服。在那一天,我得把所有的家务活儿都做了。费尔南多当时十八岁。他从高中毕业了,想出去和朋友们待在一起。就像我之前跟你说的,街上非常危险。他穿得很好笑。为什么这么说?你肯定明白我的意思。裤子对他来说实在是太小了,你什么都能看到。我可没瞎说,你明白吗?

把你的裤子换了,我说。

我攒了一大堆衣服,有这么高,我得把所有衣服都熨完。我当时有偏头痛。我那段时间经常会偏头痛。我的眼睛很疼,像刀割一样。

这裤子挺好的呀,妈咪。他说完后就去开门了。

人们会想歪的,我说。

别瞎说,妈咪。我已经迟到了。

你想让这栋楼的人说你的闲话吗?你知道这会让别人怎么看我吗?

会让别人怎么看你?

嗯，你知道这会让别人怎么看我。

唉，我俞，他说完后，就像一头困在竞技场里的公牛一样，绕着客厅走来走去。鼻孔张得很大，双脚猛踩地板。但我不能让他就这样出门。

该死的！我说。听我说，不然的话——

不然的话就怎么样？他以前从没有这么对我说过话。他的声音变得很低沉、响亮，他的胳膊伸展开来，就像这样，他开始向空中挥舞拳头。就在这时，我在他的脸上看到了里卡多的影子。同样的脸，同样的手。里卡多以前跟我在一起的时候，总是拔高嗓门，抓住我的脖子，把我举到空中。

你看，前一天，你还是个大个子，宝宝还是个小不点儿，到了第二天，宝宝就变成了大个子，比你要高得多，也壮得多。

费尔南多！我再跟你说一次：你不能像这样离开这个家。

你知道他做了什么吗？我拿着熨斗，然后说，不准开门，费尔南多。但他开了门，就像我是隐形人一样。就像我谁也不是一样。

于是我把熨斗朝门口扔去，想要拦住他。

熨斗打中了他的侧脸。费尔南多倒在地板上，大喊了一声，声音特别响。我敢说大楼里的每个人都能听到。

可他为什么要挡道呢？

当然啦，我朝他跑了过去。

你他妈疯了吧！他喊着说。

我松了口气，笑了。是的，笑了。我本来有可能杀了他，但谢天谢地，我没有。他没出什么大问题。我看到血从他的侧脸流了下来，他正朝卫生间移动。

哎呀，天哪，让我看一看。

离我远一点儿！他喊道。

我跑去拿了一些纸巾，还有一些冰。

别跟演戏似的，我说。看起来不严重。

但他推了我一把，站了起来，然后去了卫生间。

你还好吧，能告诉我一声吗，我在卫生间门外问他，冰块冰得我的手火辣辣的。

别来烦我，他说。

我在卫生间外面等了很久。冰化了，我的手没了知觉。我说了好多遍：那是个意外，我从没想过伤害你。但他什么都没说。当他终于从卫生间里走出来，进了卧室时，我看到了他脸上的伤口——很严重，但也没有那么严重。我很走运，他也很走运。

后来，当我以为他睡着了的时候，我却听到门重重地关上了。嘭！没错，门重重地关上了，声音很响。我以为他只会出门个把小时，但他再也没有回来。

你为什么这么看着我？请不要这么看着我。我非常爱我的儿子。水在哪里？

佳而惠楼宇有限公司

计费发票 #453074

小多米尼加

纽约州，纽约市，10032

买方：卡拉·罗梅罗

发票

月租（2009年4月）	$888.00
未结余额	$2,356.00
收到付款（04/23/09）	-$193.00
滞纳金：	$40.00

剩余应付：$3,091.00

每月一号之前需缴纳房租。请按时缴纳房租，以免产生滞纳金。

第九次面谈

啊，不好意思，请原谅我，我一整周都没睡觉。

为什么？因为每周都有越来越多的问题。安赫拉还是没和我说话。她是白羊座，白羊座需要很长时间才会原谅人。我试着联系她，对，给她打了电话。我敲了她的门，但她拒绝说话。

是的，我跟安赫拉道歉了。我试着跟她和好——哎呀，我真的尽力了。

我给她做了加了葡萄干的酥皮糕点！我讨厌葡萄干。可我为了她，加了葡萄干。你知道她做了什么吗？她把它们放在一个袋子里，挂在了我公寓的门上！谢天谢地，还好埃尔南知道每个人都有不如意的时候。每个人都会犯错。安赫拉表现得就好像我没有带过那些孩子一样。但埃尔南知道我为那些孩子做了什么,所以哪怕安赫拉很生气,他也会照顾我。

你知道他做了什么吗?他来到我的公寓,然后说,把衣服穿上。

你可以从我这里学到一个道理:有时候,要是你没办法换一种心情,你就需要像埃尔南这样的人来提醒你生活中还有许多重要的事。有时候,我们需要别人的帮助,才不会被一杯水淹死。

是的,我知道,我遇到了真正的麻烦。但还好有人提醒我们,这点儿苦头跟我们吃过的苦头比起来不算什么。

于是我穿好衣服,然后埃尔南开车送我去了城市岛[①]。是的,天气挺热乎,可以坐在外面。我脱掉鞋子,把脚伸进水里。那水像冰一样。但我需要一些东西。你有过那种感觉吗,就是需要某种东西来唤醒你的感觉?我们看到天空变成了橙色,然后吃了许多——有这么大一盒——炸虾,还喝了冰啤酒。

有时候,我觉得生活很渺小;有时候,我又觉得生活很丰富。每当我觉得生活很渺小,我想那是因为,你也知道,

---

① 此处指城市岛港(City Island Harbor),是纽约市布朗克斯区城市岛(City Island)和哈特岛(Hart Island)之间的受保护水体,其北端和南端通向长岛湾(Long Island Sound)。

我没有让自己去享受生活。

这让我想起了我去学校,然后老师打开了装着饼干的罐子的时候。

来一块,她跟我说。

露露拿了很多。但我心里挺疑惑的,没人会白送饼干。但老师坚持说,卡拉,吃饼干吧。

我就吃了饼干。

天哪,这些饼干!它们怎么这么好吃?

我想跟你说的是,上个星期,我说得实在是太多了,但我希望你明白,我不是个坏人。

嗯,发生了一些不好的事。但是,听我说,在阿托马约尔的日子很苦。是的,妈妈和爸爸是很复杂的人,可他们为了照顾我们,干起活儿来很努力。我们很穷,却从没饿过肚子。爸爸甚至给我制订了一个很棒的计划。我会和我姑姑一起住在首都,在大学里学习,成为一名专才。他希望自己的孩子们都能把心中的想法表达出来。他话不多,但一到星期天,人们会从四面八方赶来,把一些无聊的事情讲给我爸爸听,好让他帮他们写信。

他说,在文字方面有天赋要胜过兜里有几块钱。

但我没去首都学习。我跟里卡多走了。

里卡多很喜欢我的故事,说我就是他的小鹦鹉。我们很快就相爱了。那段时间有很多男人追我,但里卡多的口袋里装满了宝贝。有一天,他给了我一个金手镯,细得像线一样,闪闪发光。第二年,我尴尬①了。当然啦,我妈妈逼他娶了我,还让他跟我领了证。她说,我的孩子不能没有爸爸。

一开始,里卡多表现得不差劲。就像我跟你说过的,跟他在一起比跟我妈妈住在一起要好,因为我妈妈脾气很大,跟魔鬼似的。里卡多有一份很好的工作,他在市场上有一家卖肉的铺子,人们从四面八方来市场里买他卖的肉。他还有一小块地,养了很多动物。我对男人能有多少了解?我那时十九岁。

在我尴尬的时候,他很贴心。是的,尴尬,就是肚子里有个孩子的意思。正确的说法是怀孕?那好吧,在我怀孕的时候,他对我非常贴心。这让我觉得他是真心爱我。他有各种各样的奇怪想法。他会在夜里像揉做面包的面团一样,按摩我的脚。我们那一带的女人都说,他被我的棕色眼睛和大屁股给迷得神魂颠倒。有段时间,我们几乎每天都吃肉。有

---

① 此处卡拉用的是英文词 embarrassed,联系下文,她应该将 embarrassed 和西语中的 embarazada(怀孕)混淆了。

谁能在阿托马约尔说出这种话来呢？没有人！我们吃的肉可不像这里的，这里的肉是死得不能再死的肉。我们吃的肉是新鲜的，跟你吃过的那些都不一样。

啊？不，那个婴儿不是费尔南多。我没把他生下来。

我们又试了一次，结果我又失去了一个孩子。我知道这让里卡多很沮丧。如果我是他农场里的动物，他大概会杀了我，把我煮了当晚餐。我不再是他的鹦鹉了。很长一段时间里，他都没有瞧我一眼。我妈妈给了我几个瓶子，里面装满了草药，想用这个办法让我怀上。她说，要是我不给他生孩子，他就会为了另一个女人离开我。但是，私底下跟你说，我想让他离开。和里卡多一起过日子可不容易。

所以，当我在二十六岁那年怀孕的时候，我母亲当然会觉得，是她的那些瓶子创造了奇迹。在阿托马约尔，二十六岁可不小了。在纽约，女人要到四十岁，甚至五十岁才生孩子！我当初见到的那个可爱的里卡多又出现了。所以我表现得像个妻子，允许他做个男人。我有不少才能，其中一个就是逗人开心。

一切顺利的时候，我知道很多种逗他开心的法子。没错，和你想的一样。是的，我们在房子的每个角落都做过。他总是用那玩意儿插我。在我洗碗的时候，他用那玩意儿插我；

我刚要睡觉,他也用那玩意儿插我。而且他不是个小个子。当他用爸爸的口吻跟我说话时,哎呀,我恨不得给消防局打电话!我都能闻到烟味儿!

可费尔南多出生后,一切都变了。他来得很早,也很快。我知道费尔南多会来,因为他一直在我肚子里踢来踢去,就像是有人敲门。我什么都准备好了:干净的毛巾、肥皂,还有五加仑的纯净水。费尔南多来的那晚,还有很多事发生在了我身上。抽筋、背疼,我的胃都下垂了。但我以为我还有一些时间,因为羊水还没破。于是我没有叫醒里卡多。独自一人要好受一些。我喜欢夜里很安静。

我绕着我们那个有两个房间的小房子走了一圈。我把它布置得很漂亮,一面墙是黄色的,另一面墙是粉红色的。里卡多还把水泥地面漆成了草的颜色,毕竟绿色会让你感到开心,不是吗?嗯。这是我最喜欢的颜色。

我很累,但不是特别痛,于是我重新躺到床上。里卡多的呼吸声比每天经过我们房子的火车的声音还大。可就算这样,我也睡着了。对了,你还记得费尔南多是怎么重重地关上门,再也没有回来的吧?还记得他是怎么事先没跟我说一声就走的吧?还记得他又是怎么不给我时间把他拦住,让他冷静一下的吧?费尔南多也是这样来到这个世界上的。嘭!

他把我给疼醒了。每过一分钟，就疼得越厉害。所以我踢了里卡多。醒醒！我说。去找那个有办法的老太婆。

那个有办法的老太婆将许多婴儿带到了这个世界上。她保住了每一个妈妈。你知道有多少女人和婴儿没有活下来吗？因为脖子上缠着脐带，因为出生时脚先出来，或是因为妈妈感染了，很多地方都有可能出问题。但对那个有办法的老太婆来说，这些都不是问题。我所有的检查都是她做的，她比纽约那些医院里的花哨机器懂得更多。她看着我的肚子，因为肚子又圆又鼓，所以她知道：是个男孩！她把屁股和脚的位置指给我看。

多吃蛋白质，她说，不然他的个头就会很小。

于是我照做了。

别吃猪油渣了，她说，不然宝宝会把你撕开一道口子。

我也照做了。

她甚至教了我怎么自己生孩子，如果有必要的话。

哎呀，好痛啊！我发出的声音就像奶牛在受苦时发出的声音，又低又沉。我感觉到自己的声音在胸腔里振动。但里卡多没有醒。我把他的被单拉了过来。他身上有一股浓浓的朗姆酒和啤酒的味道。

我用脚后跟狠狠地踢了踢里卡多的后背。一点儿反应也没有。

阳光已经从窗户照进来了。

我又踢了踢他,用的力气更大了。他掉到了冰冷的水泥地板上。

肏!他喊了一声,准备揍我,然后明白过来发生了什么。

快去!我喊道,让那个有办法的老太婆抓紧点儿。

里卡多像一片树叶似的颤抖个不停。

我站起来,把背靠在墙上。真疼。哎呀,天哪,真疼。我见过很多女人生孩子,但是她们有时间喘口气。可我没有。我儿子没有等着那个有办法的老太婆。里卡多正在穿鞋,这时候我有了感觉:费尔南多的头就在这里。就是这些骨头所在的地方,在两腿之间,看到这里了吗?想象一下有个生命被卡在了这里。

我觉得自己像头野兽。我低着身子,靠近地板,双腿张开,像是在拉屎一样。

救命啊!我大喊起来。

我马上就回来,他说。

不!你现在不能走!去拿毛巾,去打水,赶紧!

他把毛巾放在我旁边,站在那里,呆住了。

那么,谁来单独把费尔南多给弄出来呢?就是你面前的这位。这件事会让你更了解我。有些人在这样的时刻会忘记该做些什么,但我记得。

把这句话记下来:卡拉·罗梅罗就算有压力,也会表现得很好。

当我感觉到头的时候,我知道该怎么往外用力,让它出来:得有耐心。不能用力过猛,得给身体留下足够的时间来干完这个活儿。相信你的身体。当你有了感觉时,就往外用力。首先出来的是头,然后是肩膀。

就这样,费尔南多从我身体里溜了出来,就像是我的手湿了,拿着肥皂一样。我清洗了婴儿的鼻子、嘴巴和眼睛。就在那时,我听到了他的哭声。啊,天哪!没有什么比第一声哭啼更神奇的了。而且他立即像胶水一样,粘住了我的胸,没过多久,我的肚子就空了,里卡多看着我身体里所有的东西都涌了出来,落到地上。

所有的东西。

我的儿子,真好看啊。皮肤颜色很深,脑袋上都是头发。手和脚都不缺指头。

去啊!我说,赶紧去把她找来!

于是他去了。这样很好,因为我想和费尔南多单独待在一起。里卡多什么用处也派不上,他早就证明了这一点。

费尔南多出生后，我又和里卡多过了两年。你知道吗，我本以为他会高兴起来，毕竟他终于有了个儿子。但不是这样，我很难讨好他。要是我做的炖菜太咸，他就会骂我做事不用心；每当鸡不下蛋，他就会生气。他变得更爱吃醋了。他找了一大堆借口不让我出门。他不喜欢邻居们，当我和他们说话时，他就会生气。他说他需要我在铺子里给他搭把手，帮忙喂动物，帮忙干农活儿——于是我总是和他在一起。动物的生活里净是些食物和屎，我和里卡多的生活里也净是些食物和屎。

我不再是他的小鹦鹉了，我成了他儿子的妈妈。就这么回事。

不管那件事有没有发生在克里斯蒂安身上，到最后，我还是会离开。一个女人能承受的就这么多。

不，我已经很久没回阿托马约尔了。

有很多原因。我太忙了。我没钱。当然了，还跟费尔南多有关。

很奇怪，因为这些年里，我从来没觉得自己害怕回去，但和你讲话让我觉得，我是在试图保护他。

听我说，费尔南多见到他爸爸的那一次，他有十六岁了。

那时候，离我们上次在阿托马约尔已经过去了十多年。

有许多年，安赫拉、拉法和我都会寄钱帮我们的爸爸妈妈把房子修得更现代化。我们的想法是，如果我们回去探亲，我们会待得更舒服。但这完全没有起到作用。你知道阿托马约尔的那些人是怎么干活儿的吗？哦，你不知道？你从来没去过多米尼加吗？真有意思。好吧，我跟你说说。

如果你要冲厕所，就得从院子里的水箱里打来一桶水。想象一下，我，我的鼻子特别敏感。忘了费尔南多吧，他就是个外国人。我经常告诉他，要把卫生纸扔进垃圾桶里，不要扔进马桶里。但他还记得吗？他拉了便便，连冲都不冲，就让别人来收拾。我觉得很丢脸。

天气太热了。你都想象不到湿度有多大，床上的床单总是湿的。我们只在窗户上装了一个小风扇。但和费尔南多住在一间房里的感觉很好。在纽约，他总是待在自己的房间里。在阿托马约尔，他就算待在外面，也离我很近。

我们之所以一起去阿托马约尔，是因为我妈妈说她病了。她在电话里抱怨，说自己觉得胸很疼，但不想去看医生。

从晚上到早上，她说，我被掏空了，我太瘦了。

去查查血吧，妈妈。

我觉得很疲劳，这种疲劳的感觉一直没有消失。

天哪,去跟医生约个时间吧!

啊,卡拉,我只是老了。等你到了我这个岁数,就会明白的。

这不重要,重要的是,我那次回去,是想看看她是不是快死了。变瘦和胸疼可不是什么好事。我跟你说这些是因为你还年轻,女性可得小心癌症。你每年都会去检查癌症吗?检查了吗?很好。

要是妈妈不去医生那里检查,我就得去看一看我能不能在她身上闻到癌症的气味。你知道吗,癌症闻起来像是海水的气味。

等我到了那里,妈妈闻起来不像是大海的气味,她也没变瘦。很明显,她骗了我!

大家都过来打招呼,把鼻子凑到手提箱里,想看一看我们有没有给他们带礼物。费尔南多一直在院子里,屋里没地方可坐。家里人打算骑摩托带他去市中心玩,但他不想去。在纽约,费尔南多并不害怕去街上,他总求我让他出去。在阿托马约尔,费尔南多没那么好奇。当他听到卡车发出很大的声音,他吓了一跳。当远房亲戚们走近他,想看一看他的运动鞋和新牛仔裤,他又往后退了退。不过一切都还算顺利,可后来,里卡多出现了。

早上好，里卡多隔着铁门，微笑着说。听到他的声音时，我觉得胸中就像有一块石头。一块拳头大小的石头。

妈妈跑去给他开了门。

我得记住，我自己照顾了自己。我有一份工作。我独自抚养了我的儿子。他不能拿我怎么办。

你在这里干什么？爸爸说。他明白，里卡多不应该出现在这里。

我为什么不能来，里卡多说，难道当爹的不能见儿子吗？

妈妈指向费尔南多坐着的那把塑料椅子，就是我离开里卡多那天晚上在大门外坐的那把。她说，里卡多，这是你儿子。

噢，噢！里卡多说，就好像时间没有过去一样。

起来，孩子！跟你爸爸打个招呼吧，妈妈说。

费尔南多知道，我们离开阿托马约尔是因为我害怕他爸爸。

你听见外婆说的了吗，里卡多说。

于是，费尔南多走到了我面前。他想保护我不受他爸爸的伤害。

你跟我说说，要是我是个坏妈妈，他还会这么做吗？

爸爸站在我们附近，他的球棒靠在旁边的一棵树上。

他不会说西班牙语吗?里卡多开起了玩笑。你只会硕①英语吗?

别碰他,里卡多,我说。

里卡多走过去打算抱他,但费尔南多往后退了退。

你要这样不尊重你爸爸吗?里卡多说完后举起了手,像是要打他。

然后我站到了费尔南多面前。里卡多把我推倒在了地上。你真该看看费尔南多那怕得不得了的眼神。

里卡多大笑了起来,就好像他只是在开玩笑一样。

真像个娘儿们,他说。

哎呀,天哪。我闭上了眼,不敢看。

费尔南多抓住了他爸爸的脖子。

不——!我尖叫起来。费尔南多看起来比他爸爸要强壮,但他只是个孩子。里卡多很快骑在了费尔南多的背上。我跳到了里卡多身上,对他又是打,又是踢。

他笑了起来。

够了!爸爸大叫着拿起了自己的球棒。

谢天谢地,还好里卡多很尊重爸爸。

---

① 此处里卡多说起了英文,但把 speak("说")一词说成了 speeky(并无此词),为方便读者理解,译者特意将这个词译成了别字。

费尔南多哭了起来。在阿托马约尔，男人不能当众哭。他这样做，就好像证明了他爸爸对他说的话是对的。

里卡多笑了，对我爸妈说了再见。我改天还会再来的，他说。

妈妈一直等到爸爸离开了才冲我大喊大叫。蠢货！你离开了里卡多。你偷走了他的儿子。你怎么把他养成了个娘儿们？她扇了我一巴掌。

她当着我儿子的面打了我，就像她之前当着我的面打安赫拉一样。

都怪你，她说。你和安赫拉到头来都不像我，你俩都是蠢货。

我再也没有回过那栋房子。

妈妈后来给我打过电话吗？从来没有。我们给她打过，还寄了钱给她。

是的，我们当然得这么做。如果不这么做，每个人都会说闲话。你知道吗，每个人真的都会说。因为她是我妈妈，除了我们，她就没别人了。

我想说的是……我跟别的妈妈不一样。我试着找到费尔南多，我就是这么对他的。我从来没有放弃过，从来没有。当妈妈的就得试着在孩子身上下功夫。我妈妈却从来没有尝试过。不管时间过去多久，她从来都没有变过。我变了。人们都说改变是不可能的，但我变了。

我后悔吗？你这是什么意思？你是想问，我为自己做过的事情感到后悔吗？为试着保护费尔南多的安全感到后悔吗？不，我不后悔。我是个好妈妈，我做了自己能想到的所有事情。可是……可是……我是后悔了……我该怎么说呢？我从来没有问过费尔南多的私生活。我不知道为什么，也许我不想知道。当然，我问过自己他有没有女朋友。我总是说，在街上要小心。小心那些女孩。我给他买了一盒避孕套，放在了抽屉里，和他的袜子放在一起。嗯，真的！我也可以做个时髦的人。但他从来没用过，所以我觉得他可能是个慢性子。他总是很沉默。我以为他很安静，跟我爸爸一样，几乎从不说话。所以我没问。

我们还是孩子的时候，妈妈没有跟我讲话，也没有问我的想法。她从来不会像安赫拉对孩子那样对待我们。安赫拉会这样问，雅迪蕾赛拉，这么做你觉得怎么样？哈！妈妈从来都不在乎这个。她会告诉我该干些什么，然后我就照做。

要是我说了些什么，妈妈生气了，她就会说，别再胡思乱想了。而现在，我看到安赫拉会叫雅迪蕾赛拉把所有的想法都写在纸上！安赫拉很愿意听一听孩子们所有的想法。

啐！如今的情况已经非常不一样了。

就像梅塞德斯·索萨①唱的那样，一切都变了②。

什么都变了，除了妈妈。

你知道吗，有一次，学校里的老师让我们画一张画，画我们的小时候。我说，我们小时候过得很好。我们很幸福。

露露当时看着我，显得很惊讶，因为她问过我很多次记不记得妈妈什么时候对我好过，可我总说不记得。阿托马约尔有不少好东西，比方说百香果、椰子水、房子里整天播放的音乐，还有烤红薯时围着炉火讲的那些笑话。但有没有哪样好东西是跟妈妈有关的呢？没有。我不记得她哪一次对我很好过。是不是很奇怪？

你知道我后悔什么吗？那一天，我没有在妈妈面前为费尔南多说两句。里卡多就像一头野兽。可妈妈，她跟我们说话的那个样子——我受到了很大的侮辱，不想把她说的话再说一遍。妈妈很生我的气，因为我不尊重里卡多。妈妈辱骂了我们：

---

① 梅塞德斯·索萨（Mercedes Sosa, 1935—2009），阿根廷著名女音乐家。她从15岁就开始演唱民谣，然后一举成名。20世纪60年代，索萨成为阿根廷"新歌运动"的代表人物，通过民谣反映社会现实与民众心声，在拉美乐坛享有阿根廷的"政治良心"的美誉。

② 歌词出自梅塞德斯·索萨的同名歌曲《一切都变了》(*Todo Cambia*)。

我，是个被宠坏的野孩子。

费尔南多，是个娘儿们。

我去了圣佩德罗-德马科里斯的一个远房亲戚家住，一直住到我们可以坐飞机回纽约。我们甚至都没说再见。

我？这件事没让我难过。我不会去想过去的事。我知道妈妈是什么样的人。她永远也不会变。没什么好说的。

所以我才会生安赫拉的气，因为她总想提醒我在我们小的时候发生了什么。发生了这件事，发生了那件事，妈妈做过这件事，妈妈做过那件事。哎呀！为什么现在还要说这些呢？我们又不能改变什么。过去的就让它过去吧。

她却说，我们必须说出来，不然我们就会生病。把事情憋在心里会让我们生病。可我该怎么办呢？我是在不一样的环境里长大的。要是我们不把某件事情说出来，那件事情就会过去。

嗯，那件事情就会消失。怎么会呢？

没错，我现在的确是在跟你谈论过去。

嗯，这也许会让人受一点点伤。讨厌得很。但我不想受伤。

可是，听我说，这才是我原本想在今天跟你说的。你瞧，瞧瞧这个，就好像我生活里遇到的问题还不够多似的，物业给了我这张纸。读读看。他们说，要是我不把欠的钱付了，他们就会把我赶出大楼。

我早跟你说过，物业一点儿人情也不讲。

你还有纸巾吗？

啊，对不起。我说不下去了。要是你觉得没关系，我想回家。

好的。谢谢你。

— 租约三十（30）日后 —

到期通知

日期： 2009 年

接收人：卡拉·罗梅罗（租户）

佳而惠楼宇有限公司
代表房东，不讲人情的物业
纽约市，小多米尼加

请注意： 房东在此选择终止您已享有超过十年、十五年，或二十年补贴的住房租约。现在，地区代码为 10032/10033 的土地已成为纽约市市区居民较为理想且最为实惠的房产之一。若您未能在本文件签发后一个月（30 日）内搬离公寓，房东将依据法规，启动简易程序，将您驱逐出该公寓。我们不承认上述住房是您几十年来一直称为家的地方，是您的大家庭及各路朋友居住的地方。您的租赁协议规定，业主有专属权利在任何时候以任何理由，或无须理由终止本许可协议，需提前三十（30）日通知。

房东：绅士房地产租赁有限公司

执行方：不讲人情的物业

时间：在坏掉的窗户被修好、涂鸦被去除,以及万能商店被白人咖啡馆取代之后。

第十次面谈

我知道，我今天到得很早。我醒来后想起了你给我打电话时跟我说的那些话，真是不好意思，上星期让你担心了。我还想起了过去的那些问题，然后又想起了现在的那些问题。实在是太多了。就像美国人说的，一旦下雨，就是瓢泼大雨①。但和你聊天让我想明白了很多事情。

你说得对，我得想办法来纠正我和安赫拉的关系。如果这时候有个人能帮我，那个人一定就是她。

就像他们说的，既然事情跟我有关，那我就得振作起来。所以我每分钟都在看十五频道，终于在大厅里看到了下班回家的安赫拉。她穿着自己那套职业装，每当她穿成这样，她

---

① "一旦下雨，就是瓢泼大雨"（when it rains it pours）类似于我国的俗语"祸不单行"。

这人就很难相处。但我已经准备好了。我涂好口红，走楼梯来到她住的六楼，等她出电梯。好家伙，我把她吓了一大跳。她很累。她都有眼袋了。没有我帮忙搭把手，她怕是照顾不过来孩子们。她肯定快要淹死[①]了。

她看到我后说，今天不行，卡拉。她想从我身边走开，但我抓住了她的胳膊。我不想在走廊里出丑，但这是我唯一能跟她说话的机会。

别这样，我说。

我要回家，她说。

是因为胡里奥吗？看在老天的分上，安赫拉。他甚至不记得我对他大喊大叫过。你想让我任由他毁了房子吗？

卡拉，你永远不会明白的。

你想得太多了，我说。这是个问题。你把每件小事都看得太重了。

放我走吧，算我求你。孩子们还在等着我。

我跟你一起走，我说。我需要你帮个忙。

你当然需要！你总是需要一些什么，她说。

我很震惊。我？我从来不需要任何东西。是的，有时候，

[①] 此处的"淹死"（drowning）跟前文提及的俗语"被一杯水给淹死了"（drowning in a glass of water）有关。

我确实需要有人帮我应付一下那些当官的，谁不需要呢？但很多事情都是我自个儿做的。你知道我是这样的人，对吧？

我告诉她，如果我是个很大的负担，那我再也不会打扰她了。我跟你说过安赫拉想要我消失，对吧？你瞧，家人对她来说就是个负担。对我来说，照顾孩子是种乐趣——但她需要明白，我不想让他们像动物一样长大。在我看来，她能帮我一回实在是太稀奇了——她才是负担呢！就好像我在让她扛一袋屎一样。

我告诉她，别担心，等你搬到长岛，就再也用不着见我了。

我这辈子很少让她为我做些什么。费尔南多离开我时，她都没有为我哭。你知道她说了什么吗？她说，再加把油。这话是想表达什么意思？我敢肯定，这是她从哪本书里看来的。再加把油。再加把油。我比自己认识的那些人干的活儿都多。我已经加满了油，比满还要满。要是她跟露露的女儿安东尼娅一样看了心理医生，然后朝我们的妈妈吐口水，我也不觉得惊讶。而现在，她又在朝我吐口水。安赫拉不知道我做了哪些牺牲。真不知道。不只是为了她，也是为了她的孩子们。你去问问露露，她有时候会叫我和她一起去德波蒂沃俱乐部跳舞，但我总是拒绝。为什么？因为整个星期都在努力工作的安赫拉，每个星期五晚上都想和埃尔南出去约会。

哈！甚至连找乐子和做爱都安排好了时间。所以我要待在家里看孩子。我很乐意做这些，可话说回来，安赫拉还是让我很恼火。

就像我刚才说的，我不想在大楼里出丑。我想跟安赫拉和好，但安赫拉尖叫了起来。什么也没说，光在那里尖叫。所以我俩都出了丑。大家都来了，看着我俩。有露露、蒂塔、卡里达老太太、埃尔南、雅迪蕾赛拉、米拉格罗丝、胡里奥、格伦达利兹，还有五楼的那个白人，大家从楼上和楼下赶了过来，想看我们出丑。安赫拉也不喜欢出丑。当人们看到她的真面目时，她会感到很尴尬。但已经来不及了，她像被打开了开关——她有很多话要说。

比方说？哈！

她说我让她发了疯！

她说自己受够了要对我负责。还说因为我，她被困在了华盛顿高地，和三个孩子住在一个小公寓里，共用一个卫生间。要是换到阿托马约尔，她的公寓将会是一座巨大的豪宅。

我告诉她，最好还是留在华盛顿高地，把钱省下来，但我可以郑重声明，我从来没说她不能离开。我问她为什么想搬到那么远，周围一个认识的人也没有的地方。我以为她留下来是为了埃尔南，因为埃尔南在医院工作。可现在她当着我的面说她是为了我留下来的？别耍我了！他妈的！

她说自己很累，不想再管理我所有的证件。比方说，她不理解我为什么花了五年时间申请美国国籍。她说没有美国国籍，我就没有资格享受所有的福利。她说自己很累，不想再担心要是我找不着工作会怎么样了。然后她还说我什么都没告诉她。

比方说什么？

比方说那次手术！你觉得这会让我有什么样的感觉，她说。如果你出了什么事，我是要对你负责的。

你知道手术的事？我问她。

你的事我都知道！她说。

我很震惊。确实很震惊。

于是，我说，好吧，好吧，我宣布你自由了。走吧！你再也不用对我负责了。我不会碍着你的事了。

我走开了，然后开始走楼梯回我的公寓。大家之所以在那里，是想打探罗梅罗姐妹有什么八卦。

安赫拉跟在我后面。当埃尔南试图拦下她的时候，她把他推开了。

卡拉，我不想失去你，我只想让你别这样。

别哪样？我问她。

别像妈妈一样。你控制不住自己，总在侮辱人，总是很消极。

你在说些什么？

卡拉，你总是对我说：安赫拉，你真的太瘦了；安赫拉，你真的太像个美国人了；安赫拉，你没有母爱。你知道我看到你轻轻松松地就让雅迪蕾赛拉不哭了以后，是种什么样的感觉吗？我什么都做了，可她还是哭个不停。接着你把她抱了起来，然后，瞧啊，她马上就不哭了。我有母爱！我也是个母亲！可我不论做什么，你都会抨击我，就好像你是个好妈妈，就好像你没有推开费尔南多。我记得当他听到你开门的声音时有多么焦虑和紧张。你知道他对我说了什么吗？姨妈，我跟妈咪在一起时，放松不下来。想象一下。想象一下，在家里一直放松不下来是一种什么样的感觉。是一种很恐惧的感觉。而我一直在帮你说话。我说，要对她有耐心。我跟他说了我们的妈妈曾经对我们有多严厉。但是，该死的，卡拉，你对他太严格了。

因为我爱他！

你得学着换一种方式去爱，她说。你得学。

你这是什么意思？

你可以从道歉做起，是真心实意地道歉，她说。

对什么道歉。

首先,可以为吓坏了胡里奥道歉,为做了我明确要求你不要做的事道歉。

可他——

卡拉,你就说声对不起吧,露露说。她当时就站在那里,什么都瞧见了。

可——可——我永远也不会伤害胡里奥。永远。我对她们两个说。

卡拉,你是我姐姐,我需要你,安赫拉说。

你需要我?当她说出这句话时,哎呀,我的胸口。哈!我说对了吧。她需要我。我早跟你说过她需要我。

我当然需要你,我的孩子们需要你,安赫拉说。但我想让我的孩子们在家里安安心心地成长。想确定他们什么事都能告诉我。我想让他们看着我的脸,看到我在他们身上看到的那些特质:潜力、美、智慧。我们不能像妈妈那样。我们不能。我们得做出改变。如果你想接近我的孩子们,卡拉,你得做出改变,否则我们将永远困在这里。为了雅迪蕾赛拉。为了费尔南多。也许,如果你做出改变,他就会回来。你想过吗?

安赫拉的眼里全都是泪水。我告诉你,她从来不哭。她把眼泪藏在心里。我呢,会让眼泪流出来。我们俩这辈子就

213

是这个样子。即使在我妈妈差一点儿就杀了她的时候，她也把眼泪藏在了心里，但这只会让我妈妈更加愤怒。

对不起，我说。我们本有可能换个法子做事情。

安赫拉的眼泪流了出来，流得很快，还带着响声，她看起来就像是心脏病犯了。她一只手按在胸口上，好像胸口很疼一样，另一只手抓住了我的肩膀。

跟我一起呼吸，我说。我深深地吸了一口气，直到安赫拉开始和我一起呼吸。这是我从卡里达老太太那里学到的，她总是提醒我呼吸有多重要。

肚子吸气。

胸口吸气。

呼气。这挺管用的。

你没事了，我说。我把她拉到怀里，紧紧地抱住她，就像我知道怎么做一样。她的眼泪流得到处都是，我的衬衫和脖子上都有。你可以想象，我也一样，哭成了个喷泉。

拿着，露露一边说，一边递给我们纸巾。

埃尔南跟大家说，没什么好看的了。

虽说这很奇怪，但我开始笑了。真的笑了！然后她也笑了。笑得很响亮、用力。我觉得我们内心所有的窗和门都被打开了。

我跟你说：安赫拉发泄了情绪。当着大家的面。

是的，我需要再喝些水，因为我今天得跟你说许多事情。

是这样的，上个星期，在我离开这里以后，我收到了一封电子邮件，是通灵师阿莉西亚发来的。她说，Carabonita，是时候了。我看了我的日历，发现她居然记得那个日期！她完成了银河系与三角座星系磁化的仪式。她曾经答应我，要是我给她寄七十九美元，她就会完成这个仪式。我知道我之前说过没有给她寄钱，但她已经特意为了我少收了钱。通常的价格是一百五十九美元，但只收我一半。为了保证我走好运，这笔钱很有必要。而且她也没有说谎，因为她在邮件中告诉我，她看到了三个跟我有关，而且非常清楚的异象。

第一个异象里，我走在街道上，手里拿着钱。

第二个异象里，我在一张坐满了人的桌子旁，而且我手里拿着一张写着自己名字的一万四千美元的支票。

第三个异象里，我坐在水边，旁边还有一个人。画面里的我说：我从来没有像现在这样开心过。

她说，Carabonita，请注意，三个星期以后，你就会走运。迎接成功吧！迎接超出你想象的运气吧！迎接幸福吧！

如果我需要打电话让她再给我解释解释，第一分钟得收费四点九九美元，之后每分钟收费零点九九美元。不过别担心，我是不会打的。首要任务是拯救我的公寓。为了完成这个任务，我需要三千零九十一美元，还得加上我下个月的房租。所以但凡我能省下一分钱，我都会省下。安赫拉和埃尔南告诉我，如果有这个必要，他们可以贷一小笔钱，这样我就不会失去公寓。但是我没钱还贷款，所以我需要找到一个真正的解决方案。好消息是，我觉得我应该相信通灵师阿莉西亚，因为就像她看到的异象一样，我走在了街上，而且没错，我手里拿着美元。

让我来说说是怎么回事。

这个周末，我和露露去了邮局，打算把我的申请表寄出去，这样我就可以参加官方的考试，拿到成为美国公民的证件。是的，我知道，我终于还是做了这件事，因为我不想安赫拉担心我。这件事之所以很重要，还因为安赫拉说得对，我们得格外小心。有了电脑，他们可以抓住每个人。

我来举个例子吧，瞧瞧阿尔塔格拉西亚太太遇到了些什么事。她去看望了孙子、孙女和女儿，只在多米尼加待了几个月。等她回来后，她去了政府办公室，想继续领补助金。办公室里的那个男人要求她提供带照片的身份证明。阿尔塔格拉西亚太太给他看了她的护照。结果她犯了大错。他举报了她，说她在领补助金的期间出过国。现在，他们要让她退还收到的那三个月的补助金。你能相信吗？你看，阿尔塔格拉西亚太太一直在工厂干到了七十岁。七十岁啊！活到这个岁数，与爱她且会照顾她的人在一起，比什么药片都好。对老年人来说，冬天很难熬。感受太阳的温暖就跟吃药一样管用。我真是不明白，政府更希望她因为孤独而生病，然后死掉吗？最后自个儿死在不知哪个地方的床上？

然后我问自己，为什么政府办公室的那个男人会举报她？这都是些什么人啊？他可以选择不去看护照上她去了哪些地方。如果我来干那份工作，我会对所有老人睁一只眼、闭一只眼，这样他们就可以在最后那段日子里少些压力。可他没有这么做，他停掉了阿尔塔格拉西亚太太的补助金，而且她还得还清自己出国的那三个月的补助金，就好像某个有资格领补助金的人真能还得起那笔钱一样。

电脑出现以前，人们要更加灵活。而现在，我们得非常小心。我们的什么事情电脑都知道。在机场，他们扫描眼睛、手指，谁知道还会扫描些别的什么呢。什么事情都被记录下来了。

我接着说，是的，我把申请表寄了出去，并预约了参加公民考试。所以这次考试是官方的考试。我就要成为美国人了。现在，每当我们喝酒时，露露都会和我一起练习公民资格考试，因为有一百个问题。一百个！我只需要知道十个问题的答案，但他们不会告诉你会问哪十个问题。露露说，我只用答对六个就行了。

很简单，她说。都是常识。任何会数一、二、三的人都能通过。但你倒是跟我说说，这样的问题有什么常识？我手头上有这本书，你听听看：

什么是法治？

1. 人人都必须遵守法律；

2. 领导人必须服从法律；

3. 政府必须服从法律；

4. 没有人可以高于法律。

你知道答案吗？你得想一想，是不是？这可不像露露跟我说的那样，是什么常识。

我让露露感到很丧气。她说，卡拉，回答问题就行了！

我告诉她，我读过宪法：我们这些人①。想想看。我们这

---

① "我们这些人"（we the people）是美国宪法序言部分的头几个词，这一半句的原文为 We the people of the United States，意为"我们是美国的人民"。

些人。这些人是谁？不是我，也不是你。等到我们碍着事的那一天，这个政府就会想办法把我们赶出去。

也许奥巴马不一样。我这人很乐观。当他说到这是我们的时刻，这是我们的时代[①]的时候，我想，也许因为他是移民的儿子，所以他理解这种情况。说句实在话，当他做了总统时，我这里——我的胸口感觉到了他说的那些话。我感到很轻松，对我们的未来也没有那么害怕了。所以说，现在呼吸变得更容易了。兴许他会停止在边境杀害移民。

露露说，感谢上帝，考题都是多项选择题，因为要是靠我那张嘴，我永远都拿不到自己的证件。说句老实话，申请美国公民身份的感觉有点儿像叛国。说我是美国人可不容易，因为当有人谈到美国人的时候，他们不会想到我。

为什么？你知道为什么吗？因为我有口音。我是多米尼加人的长相。你觉得自己是美国人吗？

觉得呀。有意思。

我不知道，我觉得，拿到证件就像嫁给一个对我没有感觉的人。但有时候，结婚也有好处。

谁知道呢？如果这是天意，那我就去做美国人。

[①] "这是我们的时刻，这是我们的时代"（this is our moment, this is our time）语出奥巴马2008年的胜选演讲《我们一定能》（*Yes We Can*）。

所以，嗯，我会好好学习，通过考试。我可不想像邻居费多拉那样参加三次考试。居然参加了三次！但是，私下里跟你说，费多拉不是很聪明。你知道我为什么这么说吗？她没有投票给奥巴马。当我发现这件事以后，我决定对她好一些——我们交换了一些吃的——但我明白，她和我不一样。

有了这些证件，我就可以投票了。对我来说，这很重要，因为有很多像费多拉这样的人做了错误的选择。有了这些证件，要是妈妈死了——我不是想拿这件事诅咒她，但要是她真的死了，也许我可以为爸爸争取到证件，这样他就可以来和我们，还有他的外孙们一起生活了。但最大的好处，我相信你早就知道了，那就是我有资格在政府部门工作了。所以说，有一天我也能像你一样。你觉得怎么样？你在笑我吗？啊，你笑是因为我在笑。哈！但这是真的，对吧？我只需要一张高中文凭。

这倒不重要，重要的是，当我和露露一起去邮寄申请表的时候，我跟她说了通灵师阿莉西亚和那些异象的事。当然，露露并不相信。她说，要是你那么走运，而且那个机器人也是真的，那就证明给我看。

她当时不太友善，可当她不高兴的时候我会很小心，尽量不要按错按钮。你可以在我这里学到一个道理：当一个人感到绝望和痛苦，就像每天都能听到阿多尼斯一些新的坏消息的露露一样，他们就不会对别人很宽容。我确实也遇到了一些麻烦，但露露遇到的大麻烦要比我多。我在一家杂货店买了一张彩票，就是那种刮刮卡。你是输是赢只是一瞬间的事。我想起了瓦尔特·梅尔卡多跟我说过的话。是的，我知道他跟每个人都说了，但没关系。他说，不要给消极留下空间，要把注意力放在积极的一面，把注意力放在爱上面，把注意力放在可能发生的事上面。然后，如果你这样做了，美好的事情就会充满你的生活，不好的事情也就没地方容身了。

我对你说这些是因为你还年轻，还没遇到什么麻烦。在你这个年纪，一切都有可能。但对我来说，哪怕现在有很多可怕的事情正发生在我身上，要是我还记得深呼吸，我就不会感到失落。于是我吸了口气，又吸了口气。我刮开了彩票，并且相信通灵师阿莉西亚正在进行银河磁化的仪式，这样我就保证能走好运。

结果我中了二十五美元！

我的确花了五美元买了一张彩票，但这个故事有趣就有趣在下面我要说的这些：收银员只有一美元的纸币，于是给了我二十五张一美元。我拿着那些美元离开了商店，感到特别高兴，因为我证明了露露是错的。然后，我在商店的镜子里看到了自己，看到了通灵师阿莉西亚看到的异象。我——在街上——手里拿着钱。

不，不用担心，我不会再买那些刮刮卡了。它们对一个没有钱的人来说是危险的。但我生活中发生了这么多疯狂的事情，赌一把还是很有趣的。是的，是的，我知道这不是长久之计。

那么，我们来谈一谈你给我推荐的工作吧。它们都非常不错，我一直在考虑。比方说几个星期前你给我看过的保安工作，我想我会很乐意去上课，然后拿到证书。我想我会很擅长发现入侵者。很明显，任何可疑的人都瞒不过我。我可以在学校入口监视学生，确保学校允许才让他们出去。他们吃午饭的时候，我可以看着他们。我可以签收和检查包裹。但接电话呢？不行。你分享给我的那些需要用到电话的工作，我都做不了。我讨厌用英语打电话。我不知道为什么，但当我打电话的时候，我只能听懂别人说的一半。卡里达老太太告诉我，之所以会这样，是因为我用鼻子和眼睛听人们说话。她这话很有意思，不是吗？

但我相信她说的话。我从卡里达老太太那里学到了很多东西。前几天她来我的公寓吃饭时，我们看了一部讲鲸鱼的纪录片，就是那些杀人的鲸鱼。我了解到，大家都觉得这些鲸鱼是杀人凶手，可在我们知道的那些历史资料里，只有四个人是被这些鲸鱼杀死的。只有四个。而且那些人之所以会这样死掉，都是因为鲸鱼被困住了。要是你天生就喜欢在大海里自由自在地生活，难道你不想杀死一个把你关在笼子里的人吗？想象一下连游泳的地方也没有的情况吧。想象一下与家人分离的场景吧。

但在这部纪录片中，那个鲸鱼奶奶——就是所有鲸鱼的领袖——死了。他们不知道她到底多少岁。也许有七十五岁了，也许已经有一百多岁了。但科学家们跟踪了这头年老的鲸鱼四十年。你能相信吗？当这头鲸鱼死在海里时，科学家们甚至连话也说不出来，因为他们哭得太厉害了。他们花了四十年在太平洋到处跟踪这头鲸鱼。他们在机器人、摄像机、船只上花了很多钱，用望远镜寻找这头鲸鱼。真是不可思议。这让我想到了费尔南多，想到了我仍然在等待他，想到了我在十五频道寻找他，祈祷他能来看我。

但这一点也很有趣：鲸鱼家族中的男孩们虽然没了妈妈，但还是在努力地活下去。所有的鲸鱼都需要妈妈给他们找吃的，而男孩们更是需要。在鲸鱼妈妈死掉以后，鲸鱼男孩们在一年内死掉的可能性会增加三倍。一年内啊！所以说，鲸鱼奶奶得确保家里的每头鲸鱼都有东西吃，这并不奇怪。她们在更年期后证明了自己的价值，这也并不奇怪。这是因为，用不着生孩子的话，她们就能把注意力放在照顾整个群体上。这告诉我，到了一定年龄的女性对社会更有价值。是不是很不可思议？

啊，是的，所以你认为不生孩子的女人也是有价值的。哈！也许你是对的。我知道你是怎么引导我思考问题的了。

所以我才喜欢和卡里达老太太在一起消磨时间，因为她让我不害怕变老。

我和卡里达老太太看到这部纪录片的那一天，我又一次闻到了癌症的味道。

我知道答案，但我还是又问了她一遍。你查了血，检查了身体吗？

她说，别担心我，我已经做了这辈子想做的每件事。卡拉，我们不能就这么等着过我们想要的那种生活，得想办法和你爱的人在一起。

你知道吗，我今天已经跟你说得够多了。

― 入籍申请表 ―

国土安全部

美国公民服务

第七部分　个人信息

1. 种族（单选）

☑ 西班牙裔或拉丁裔　　□ 非西班牙裔或拉丁裔

2. 人种（请选择所有适用的选项）

☑ 白人　☑ 亚洲人　☑ 黑人或非裔美国人

☑ 美洲印第安人或阿拉斯加原住民

◎ **公民测试：**

14.B. 您是否曾经以任何形式参与过虐待活动？

这么说吧，要是你问我儿子，他会说我虐待过他。他不喜欢我往他头发里面看，在他的脸蛋上抹护肤霜，但它们非常干燥——他的皮肤。哦，要是我因为想补衣服，看了他抽屉里面，他就会生气。但他藏了什么吗？别再盯着我了，他会说。可我还能盯着谁呢？

14.C. 您是否曾经以任何形式参与过杀害他人，或者试图杀害他人？

没有。从来没有过。

14.D. 您是否曾经以任何方式严重伤害过他人，或者试图故意伤害他人？

这个测试到底想证明我是个什么样的人？我从来没想过伤害谁。我不像妈妈，她会因为我没有好好看她，就让我跪在大米上。

14.E. 您是否曾经以任何方式强迫或试图强迫他人与您发生任何形式的性接触或性关系？

呃，有多少人老老实实地回答了这个问题？我在新闻上看到这个国家的很多人——甚至包括有些牧师——都干过坏事，结果他们拿到了证件。

17. 您是否曾经作为任何团体的一员，或帮助过任何团体、单位或组织对任何人使用武器或发出相应威胁？

有一次，我们在娃娃身上扎了针，想阻止工厂里的一个老板做坏事。哈！这招儿有效果吗——他走路时再也不能走直线了。

30.A. 您有过酗酒的习惯吗？

我会和露露一起喝几杯葡萄酒。这对身体有好处。医生说一个星期喝七杯酒会有问题。但喝两杯葡萄酒的话，我没什么感觉。你觉得呢？

30.B. 您是否曾经做过妓女，或诱使别人卖淫？

要是有人为了做爱，给我买了份礼物，这种算吗？很好……

30.G. 您是否曾经非法赌博，或从非法赌博中获得收入？

我有时候会在杂货店买猜数字的彩票。

48. 如果法律要求，您是否愿意代表美国，拿起武器？

要跟谁打仗？

盛大开业！

让您焕然一新

美发 & 洗衣

第二大道，2123 号

纽约，东哈勒姆，10029

双鱼座亚历克西斯

热情为您服务

首次理发

享受八折优惠

第十二次面谈

我有很多话要跟你说。你都不会相信这个星期发生了什么。发生了特别多的好事,还发生了特别多的伤心事。但生活就是这样。我真不敢相信,这居然是我们最后一次见面。

首先,我想告诉你,上个星期的那一次我没能来,实在是不好意思。你是了解我的,我连一天都不会休息。哪怕手术很痛苦,那几次我还是都来了。哎呀,天哪,等我告诉你发生了什么事以后,你就会明白了。

请告诉我你没有告发我,说我没来。没有?啊,好吧,很好。你做得对,因为我需要那张支票。

你打来电话的时候,我没办法说太多,因为我很忙。我本来想给你回电话的,但我在给卡里达老太太安排后事。

真是太让人伤心了。卡里达老太太睡着睡着觉,就没了。

那天的天气很好，于是我带菲德尔去了公园散步，要知道，就像婴儿需要和别的婴儿交朋友，好提升情商一样，狗也需要和别的狗一起玩。等我回来时，我为卡里达老太太做了烤面包片和加了牛奶的咖啡，拿着它们去了房间里，可她已经走了。身体还没凉，但没了呼吸。

这发生在九天前。

是的，我也很难过。每天下午的四点四十五分，我还是在等卡里达老太太打来电话。卡里达老太太不在了，我感觉空落落的。你能想象吗？两年多来，她几乎每天都在我的公寓吃饭。

可话说回来，她在睡觉的时候离开也算是好事吧。卡里达老太太非常独立。她曾说，卡拉，当你看到我保护不了自己的时候，就帮我个忙：找个轮椅，带我去悬崖边，然后把我推下去。

当然，我是永远不会同意的，但她说这话的时候很严肃。

她运气很好，因为她的死法是自己想要的死法。直到生命最后一刻，她的身体都还很健全。她从来没有让我忘记我在干杂活儿时曾经犯了个错。她靠着好记性，能背下每个人的电话号码。除了饭是我给她做，卫生是我给她打扫，别的事情都是她自己干。

我发现她的时候，她正穿着我许多年前在圣诞节给她买的深蓝色睡衣，这让她看起来很优雅。我给她整理了一下，让她拍照片时更上相。我把多余的枕头放在她头后面。我合上了她的嘴，然后拿起床边桌子上的杏仁油，在她的额头、脸部、胳膊和胸部擦了擦。她不喜欢皮肤看起来像是烟灰色。我梳了梳她的灰色短发，让它们看起来更柔顺、漂亮。我从包里拿出口红，抹在她的脸蛋上，让脸蛋有些颜色。我还在她的嘴唇上抹了一点儿，但只抹了一点点，因为卡里达老太太喜欢自然一些，一直都是。

房间里还没有死亡的气味。我觉得卡里达老太太死的时候很平静。菲德尔当然跳上床舔了她的脸和手。我想拦住它，但后来我想，这样做会让卡里达老太太开心。她连勺子都会和菲德尔共用。

卡里达老太太把所有事情都安排妥当了，这很好。需要联系的电话号码都在冰箱门上。所有文件都放在一个文件夹里，文件夹放在一个铁盒子里，那盒子在她六十年前第一次搬进这栋大楼的时候就有了。六十年了！文件夹里有张纸，上面写着，不要救活我。有一张纸上有所有医生的号码。筹办丧事花了多少钱也有收据。什么事情都安排好了，钱也都付过了。

卡里达老太太很多年前就不和家人说话了。她的姐姐信教，不赞成她没找丈夫，而是和那个朋友住在一起。她不认识自己的外甥女和外甥，也不认识外甥女和外甥的孩子们。太可悲了。但其中一个除外，我以为那个会继承卡里达老太太活着时留下的所有东西。这两人每年都要相互写两三回信。

我问过卡里达老太太许多次，断掉和家人的联系，过上一种不一样的生活，这样折腾到底值不值。她说，谁想生活在谎言中呢？自由意味着能够活出真实的自己，而且用不着为这么做道歉。

她的公寓里堆满了东西，都是活了九十岁的她在这些年留下来的。有比我还老的家具。所有东西的状况都很好。她知道怎么爱惜物品。墙上挂满了艺术品，是她多次去不同的国家旅行时带回来的。我已经告诉她哪一个是我最喜欢的，她说等时候到了，我就可以拿去。它是从印度带回来的。没错！她去过很远的地方旅行。我甚至都没办法想象自己在飞机上待这么长的时间。

那幅画是蓝色和金色的，和大海的颜色一样。她给我讲了一个跟这幅画有关的故事，故事里有一个男孩和一棵树。男孩饿了，想吃东西，树就给了他水果。等肚子饱了，男孩又觉得冷了，树就给了他树枝，让他盖房子。可一有了房子，男孩又想去旅行，于是他走到树下，问能不能用树干造一艘船，树说，不行，不行，不行。对不起。我要是没了树干，就不能给你果实和树枝。我想活下去，这样我以后就能给你更多。但拿着这个吧，树说完后就给了男孩一些种子，让他再种一棵树，造一艘船，然后去旅行。

这难道不是个好故事吗？哈！

总之，我打电话叫了救护车。等救护车的时候我煮了肉桂皮，这样公寓就不会有难闻的气味了。我拨打了在冰箱门上找到的卡里达老太太那个外甥女的电话号码，给她留了言。我也给露露、安赫拉、蒂塔和格伦达利兹打了电话，让她们知道发生了什么。

我打扫了公寓，清理了架子上的灰尘，擦干净了水槽。看到她躺在床上，知道她已经走了，这感觉真是奇怪。等到救护车到达时，格伦达利兹说她可以等筹办葬礼的人，所以我回家了。死亡的气味就要来了，我受不了那种气味。

回到我的公寓后，我坐在靠窗的桌子上，望着桥上的景色，哭了起来。我为什么就哭了呢？我实在是说不清楚。突然，我想起自己没了工厂的工作以后的感觉：空虚得不得了的感觉。

这和费尔南多离开的时候不一样，因为我总觉得我有一天会再见到他；这和我离开阿托马约尔的时候也不一样，因为我想逃离那里。卡里达老太太再也不会回来了。我的工作再也不会回来了。

我觉得自己像是少了一部分。我的意思是，像是我身体的一部分没了。你能想象在工作了二十五年之后，突然不用按时按点去上班吗？每天，伊万和他的面包车都会在街角接上我们，把我们送到乔治·华盛顿大桥对面的工厂。不论下雨或下雪，天冷或天热，我们每天都会带着午餐坐上那辆小面包车，互相问好。每天过桥时，我都能看到太阳从黑暗中出来，这世界上很少有人能看到这样的景色。

我在工厂上班的时候不希望星期五到来。对我来说，这是一周中最悲伤的一天，特别是在费尔南多走了以后。我总要求加班。我不喜欢坐在公寓里。如果有人找我帮忙，我都会答应，好让自己忙起来。所以当他们夺走我的工作时，我感到很空虚。

有时我摸着黑待在床上，等阳光照进来，时钟嘀嗒嘀嗒，日子过得特别慢。在冬天，这就更像是一种折磨了。没有鸟儿在唱歌。没有孩子在外面玩耍。街上没有音乐。要不是露露——她每天早上都会在同一时间来喝咖啡——我都不知道自己会不会从床上离开。

对我来说，还是工作好。我跟你说这些，是因为我需要有好事发生，让我得到一份好工作。所以哪怕这是我和你在一起的最后一天，我也希望你不要忘记我。

我接着说，嗯，卡里达老太太去世那天，我非常伤心，觉得整个世界都压在了我身上。我之前就在想安赫拉和埃尔南要离开我去长岛了。而现在，卡里达老太太也不在了。费尔南多，他还会回到我身边吗？慢慢地，大家都走了。

我哭了，但那天晚上并不是只有我一个人哭。事实上，许多人都认识，而且很喜欢卡里达老太太，因为她是这栋大楼里最后一个老太太。连费尔南多都爱她，因为她总是把糖果放在包里，给孩子们吃。

虽然没有事先说好，但我们所有人还是一起吃了晚餐，用这种方式来纪念她。我给所有想来的人做了吃的。我做了鸡肉、排骨、配了黑豆的米饭、香蕉，还有牛油果沙拉。

埃尔南带来了两瓶葡萄酒。我找了一张大桌子，这样我们都可以坐在一起。安赫拉很早就来帮忙摆椅子。我们始终不知道谁会出现，所以有必要做好准备。而且我跟你说，你会为我，还有我对孩子们的行为管理感到骄傲。当胡里奥拿着鸡肉在房子里跑来跑去，把房子里弄得乱七八糟时，我没有大喊大叫，也没有抓住他让他乖一点儿。我只是非常平静地说，胡里奥，食物是用来吃的。请到餐桌前来。我做到了！

当然，他没有注意到我说了什么，毕竟什么样的行为管理都不会改变他的性格，但我看得出来，我给安赫拉留下了一个好印象。就在那时，我意识到通灵师阿莉西亚的第二个异象成真了。还记得吗？她看到我在一张坐满了人的桌子旁，而且我拿着一张支票。那一刻还没有支票，但她对桌子和人的预言都是对的。这让我觉得自己的好运就要来了。

卡里达老太太去世时，我做了很多怪梦。有一个梦里，我正在等火车，看到了一个比我年轻得多的女人。她的婴儿车就要掉到铁轨上了，里面有个婴儿。那女人睡着了，没注意到。所以当火车开过来时，我抓住婴儿车，把它拉了回来。等我看到那女人的脸时，结果发现那就是我。一个更年轻的我。是什么时候的我呢？就是我带着十美元和抱着我屁股的费尔南多来到纽约的那个时候。他一直抱着我的屁股，而且他很重。就我一个人，没有家人帮我抱着他，好让我能喘口气。

我这么说，就好像我妈妈在我还在家里的时候帮我照顾过费尔南多一样。她生了三个孩子，但生了我们后，她并不喜欢我们。大家都看得出来。

要是我妈妈出生在纽约，我觉得她会像卡里达老太太那样过日子，不生孩子。但我妈妈不会养狗，而是会养鸟。在阿托马约尔，她喂了很多鸟。有一次，我看到妈妈自个儿在跟着一首歌的节拍跳舞，她看到我后就停了下来。我不知道她为什么非得躲着我们找乐子。我觉得她很爱我爸爸。爸爸是个能装水的篮子。但不是妈妈选的爸爸。在妈妈十四岁时，爸爸把她带到了家里，然后妈妈就再也没有离开过。妈妈的妈妈也是这样。老是发生这种事。

妈妈没为我做过什么。但有一天，她给了我一张纸，上面写了一个纽约的地址，说，要是你愿意，你可以去那里。

你听说过这样一句话吗？要是你饿了，就算面包再硬，你也吃得下。

你和我都知道，没有什么东西是免费的。我离开家的时候都瘦得皮包骨了。带着一个小袋子，里面没装几样东西。费尔南多紧贴着我的胸口。我吃着不新鲜的面包，把注意力放在了找活儿干和挣钱上。我不想靠某个男人来供我吃、供我住。就这么定了。

我们一开始住在离这里几个街区外的一栋大楼的一个房间里。地方是几年前来过这里的一位远房亲戚介绍给我的。

我每个星期付四十美元。公寓的房东太太提供了床、床单、毛巾，还允许一天用一小时厨房。我在工厂找了份工作，还在附近的日托班给费尔南多报了名。我很快就和另一位妈妈搞好了关系——每个星期付她十美元，她会带费尔南多去日托班，这样我就可以坐面包车去工厂了。

听我说，只有当妈妈的才知道妈妈会做些什么。下班后，我会照顾费尔南多，满足他的要求，包括把奶吸出来，这件事我干了四年。哪怕他都把我掏空了，我还是给他喝了四年的奶水。金子一样的奶水。他从没对我生厌。这还让费尔南多一直和我很亲近，而且也很健康。

那段时间，就我俩在一起。在冬天没有暖气的时候，我的身子能让他一直保持暖和。他需要我才能活下去。当我听到英语从他嘴里冒出来的时候，我想他也许可以过上更轻松的生活，因为人们会听他说话。这帮了我一把，让我活了下来。

所以说，是的，我这个当妈妈的对费尔南多很好，但我现在意识到，我也是梦里那个年轻、担忧、孤独，以及在火车铁轨附近睡着了的妈妈。

楼管希望在这个月的一号之前把所有家具从卡里达老太

太的公寓里搬走，我只有几天时间，所以不能来见你。卡里达老太太的外甥女住在欧洲，帮不了我。我花了很多时间把卡里达老太太去世前卖给来世家具店的东西和其他东西分开。我得等他们来取。悄悄告诉你，我们拿走了桌子、画和钟，也就是剩下的所有东西。

然后，当我翻看放在铁盒里的卡里达老太太的文件时，我发现了一封写给我的信。是的，她给我留了一封信。签了字。很正式。真让人不敢相信。

你明白我接下来要跟你说的吗？通灵师阿莉西亚说对了。我在街上，拿着买彩票赚来的钱。我和其他人围坐在桌子旁。然后我发现自己就要收到一张五千六百美元的支票了，是卡里达老太太给我的。

你能相信吗？

你相信？那你也相信通灵师阿莉西亚？

噢，你相信我？哈！听你这么说，我真是太激动了。当然，你说得对。我把卡里达老太太照看得很好，但我为她做这些事，从来不是为了钱。从来不是。

你现在应该明白我为什么上一次没能来成了吧。我觉得自己就像那幅画里那个得到了水果和树枝的男孩，但我必须小心，这辈子不能太贪心。这个道理很重要。我们必须珍惜我们拥有的。

当然,我受了不少苦,但我也很惊讶卡里达老太太惦记着我。可在露露身边的时候,我不能跟她说我有多走运,因为露露不像我,没这么走运。

我知道,我也不单是走运。你真是太好了,提醒了我这一点。我一直在努力工作。你说得对,我自己当然也有一些功劳。但这很疯狂,毕竟喜欢炫耀自己的生活处处都好得不得了的,是露露。而且这都是真的。露露这些年从儿子那里得到了很多礼物,比方说一张新床垫、一把新菜刀、一套上好的锅具。他对她很大方,这让她很高兴。但在过去的两个月,她儿子阿多尼斯只给她带来了一样东西,那就是越来越多的担心。到头来,你赚的钱越多,出的问题就越多。现在,阿多尼斯、帕特里夏和孩子们搬进了露露的公寓。如今的露露当然又要做饭,又要打扫卫生,还要照顾四口人。

啊,可怜的露露。想象一下,她得有多难过呀。她不像我,我很随便。如果我的公寓要住十个人,那也没问题。但是露露希望有个房间归自己所有,这样她就能关上门。她说母狮子得有自己的狮子洞。她是狮子座,这倒也说得通。要是全家人都住在这套有两个卧室的公寓里,她就没有可以自个儿待着的地方了。只能去卫生间。但他们得共用卫生间。

然后我有了一个好主意。因为我有钱,我觉得我可以带露露去亚历克西斯的美发店。是的,亚历克西斯,还记得他吗?他给我寄了这张卡片,也许他给所有认识的人都寄了,不过确实也给我寄了。是的,那家店在东哈勒姆——我知道特别远,但他也许有费尔南多的消息。所以我对露露说,请跟着我去这个美发店吧,好吗?

为什么要去这么远?

哎呀,露露,就当是为了我嘛。我说,我需要打理一下头发。但实际上,是她需要打理一下头发。她看起来像是被遗弃了一样。她依然没有穿紧身内衣。她慢跑时穿着胸罩。你明白我在说什么吗?慢跑的时候!这会撞坏你的胸。不好。

噢,你每天慢跑的时候也穿着胸罩吗?真的吗?哈!

她看了看我的头发,做了个鬼脸。想象一下吧。虽然我的日子过得跟她一样苦,但我看上去非常不错。

我跟你去,她说。要不是为了你……

你明白我的意思吧?哪怕是现在,她还是说得好像是她在帮我的忙。但我允许她做自己。

于是我们坐了一趟地铁,又坐了一趟地铁,然后坐了一趟公交车,然后又走了很久,终于找到了那个地方:第二大

241

道的二一二三号。橱窗里有块手写的大招牌，上面写着：让您焕然一新：美发 & 洗衣。

我往里看了看，发现亚历克西斯在给一个人弄头发。我最后一次见到他是在八年前，但他没什么变化，只有头发变成了金色。他看起来依然像属于未来一样。

在墙的一边，我们看到镜子、椅子，还有摆着吹风机和刷子的架子。另一边是洗衣机和烘干机。同时做这两门生意倒也说得通。

当我打开门时，他转过身来，看着我们。灯光非常明亮。露露和我都需要一点儿阳光，一点儿口红。店里正在播放音乐，是打鼓的声音。

阿姨？亚历克西斯立即认出了我。他让我等一等，于是我们照做了。

这位是费尔南多的朋友吗？她问。

我看得出来她有很多意见，但她什么也没说。要是在以前，她会说很多话。

那位顾客跟亚历克西斯挥手告了别。她看起来很不错。

他问我，你来这里干什么？

你给我写了卡片啊！我说。

我把那张写着八折优惠的卡片给他看了看。

坐吧，坐吧，他一边说，一边仔细地看了看我的发梢。你最后一次剪头发是什么时候？

我早就跟她说过了，露露说。也许她会听你的。

我坐在椅子上，就像一个装米的袋子，而且还破了个洞。我没能认出镜子里的自己。我的眉毛简直像一场灾难。他给我梳头时，我的头发乱糟糟的。我不知道，因为我总是把头发梳起来。我确实和露露一样，也有点儿被遗弃了，但不像露露那么糟糕。

于是露露坐了一把椅子，我也坐了一把。

我来给你俩做头发，只收一个人的钱。你们看怎么样？

露露没钱，于是我说，要是你觉得可以，那就没问题。我们接受！

不，我挺好的，露露说。我不用。

她太拉不下面子了。但亚历克西斯知道怎么应对，只见他问都没问，就取下了露露的发夹，然后说，今天我们会让你焕然一新。

这地方是你的？我问。

这些都是我的，阿姨。我的。亚历克西斯在房间里挥舞着胳膊。刚粉刷不久。五颜六色的招牌。洗衣、干衣。自助服务。十分钟烘干，二十五美分。

你有费尔南多的消息吗?

哎呀,阿姨,他刚走不久。

怎么会这样?

他经常旅行。他有新工作了,总要坐飞机。

不是吧?什么工作?

他在麦迪逊大道的一家店铺工作。他设计窗户,让所有东西看起来都很漂亮。

他是怎么学会这个的?

费尔南多能找到那些工作算是很走运了。人们很喜欢他。他学得很快。在这个世界上,你只需要别人给你一个机会就够了。

他还和你住一块儿吗?我问。

没有了。但我们总聊天。我会让他给你打电话的,亚历克西斯说。

人们老是只说不做,但我相信双鱼座的亚历克西斯会做到的。

亚历克西斯调大了音乐声,像是要开派对。他的天花板上有一些动来动去的灯,颜色有很多,像迪斯科舞厅一样。他就像个专家,盖上了露露的灰头发,接着给我洗了头发。然后他洗了露露的头发,等它晾干。再然后他剪了我的头发。

他就在露露和我之间来来回回、来来回回。

当他抚摸我的头,给我梳头发的时候,我能感觉到自己的肩膀放松了。

你对我放心吗?亚历克西斯说。

嗯,我放心,我一边说,一边让他照料我。他甚至给我修剪了眉毛。

你们看起来非常不错,他不停地跟我和露露说。镜子里的我们变了。是真的。

露露在公交车上什么话也没说。在地铁上也是。当回到我们的街区时,我带她去了公园,坐在长椅上,在那里,我们可以看到大桥和哈德孙河。

你看起来真不错,我说了好多遍。

你一定很开心吧,她说。你的费尔南多很争气啊。

她微微笑了笑,但她的眼睛出卖了她。

但我明白她为什么嫉妒。要是你遇到了很多麻烦,你就很难为别人感到高兴。

美发店的钱我掏了。卡里达老太太把她的钱留给了我。我那套大公寓就我自个儿住。于是我跟她说,她没必要那样,因为我可以跟她分享所有东西。

这也太疯狂了,她说。

我有一个空出来的房间。你可以住费尔南多的房间。

她看着我,显得很惊讶。

你要是愿意,我会很高兴的。就和我一起住吧,我说。

可是……

可是什么?我说。

我们是朋友,不是家人。要是我们住到一起了,别人会怎么想?

谁在乎别人怎么想呢?我说完后,自己也很惊讶。

我很确定,卡里达老太太也在天上微笑。

就在这时,我意识到,第三个异象也成真了。

我坐在水边,而且我不是一个人。

我高兴吗?我觉得答案是肯定的。没有糖霜的蛋糕算是什么呢?

这是我的临终遗言

亲爱的卡拉:

　　我,卡里达·尼尔萨·吉略伊斯,心智健全,愿意将我出售家产所得的钱留给你,卡拉·罗梅罗。请给来世家具店打电话,他们已经同意购买附页上的艺术品和家具。所有物品都已经过评估,将以五千六百美元的总价被收购。请立即与他们联系。作为交换,我请求你像这些年来关心我那样,用同样的柔情和爱意来关心菲德尔。它还能好好活几年。谢谢你成为我的好朋友。如果有人问起,请对他们说我死而无憾。

　　　　　　　　　　　　　　　　爱你的
　　　　　　　　　　　　　　　　卡里达

— 大龄人员就业项目 —

美国，纽约

职业培训进展报告

姓名：卡拉·罗梅罗
出生日期：1953年1月18日

本社会工作进展报告涉及以下时段：

起始时间：2009年2月16日
截止时间：2009年5月10日
次数：12
客户未出席或在二十四小时内取消的次数：0

在此期间实现的目标：

我与罗梅罗女士会见了十二次。在此期间，我们讨论了她的各种优势。用罗梅罗女士自己的话来说，她想工作。她很强壮，她总是做好了准备，她是一个好的组织者，她善于与孩子相处，她善于承受压力，她喜欢发明创造。她还相信自己拥有不同寻常的技能，比如嗅出癌症和糖尿病的能力。

尽管罗梅罗女士已经失业两年多，但她一直为住在她那栋大楼里的老人、不同年龄段的儿童和残疾人提供看护服务和系统的扶持。她是个很会讲故事的人，举了很多例子来说明自己有能力在充满挑战的环境中安慰、喂养和照料一大群人。我的评价是，罗梅罗无偿为社区成员提供了大量劳务服务。

您是否建议继续让该客户参加大龄人员就业项目？如果让该客户继续参加，那您建议每隔多久参加一次，预计持续多长时间？

我强烈建议立即延长领取救济金的时间，并让罗梅罗女士额外参加十二次大龄人员就业项目提供的培训——且客户可申请继续延长时间。

这一延期对于确保卡拉·罗梅罗能够长期受到雇用至关重要。

姓名：莉塞特·芙拉娜·德罗贝蒂斯
时间：2009年6月5日

所有收集到的个人信息都将受到保护，不会在未经授权的情况下被大龄人员就业项目泄露给外人。当事人有权查阅他们的个人信息，并且有权质疑本报告的准确性和完整性。

延长领取救济金时间

同意_____ 拒绝_____

两个月后

  我打扰到你了吗？没有吗？噢，太好了。我一直想顺路和菲德尔一起来拜访你，给你带些不加葡萄干的酥皮糕点，因为我不喜欢葡萄干。我今天早上炸的，所以还很新鲜。另外，我从餐馆里给你带了一杯加了奶的咖啡，因为它比白人咖啡馆里卖的那些要好喝，价格也低了三倍。

  菲德尔很友好。不论我去哪里，它都想去。即使在我打电话的时候，菲德尔也会弄出点儿动静来。和卡里达老太太在一起的时候，它可不是这样。但狗很像人类。这个道理我算是明白了。它们和不一样的人在一起时，表现得也不一样。

  嗯，你继续。要是你在咱俩聊天的时候吃东西，我也没问题，不用害羞。我保证你从没尝过这样的酥皮糕点。对吧？很好吃！

我想谢谢你打电话让我知道你还在努力为我争取延长领救济金的时间。要是这事能办成，那我真得好好说声"谢谢"。有了卡里达老太太的钱和安赫拉帮我贷的那一小笔钱，我已经应付得过来了。我也卖了一些蛋糕给朋友。帕特里夏，她可是个好女人，她付了我一半的房租，毕竟露露和我住在一起，而且每天都要照顾孩子。我照顾孩子的时候比露露多，因为她没有耐心，可就像我说的，我们应付得过来。谢谢你带蒂塔参加这个项目，她起码能有几个月不用为那个可怕的太太工作了。

和露露住在一起？嗯，没问题的。但露露会在卫生间里待两个小时。她在里面做些什么呢，我搞不懂。她不像我，不洗碗，而且总会留下一点儿油渍。但我不会说她。我们在这方面不一样。

安赫拉？是的，她现在住在长岛的雪莉。那里没有多米尼加人。埃尔南每天要开车去医院上班。开那么远，简直是疯了。但在星期五，他会带上我，有时候也会带上露露，坐他的车去他们家。我承认——别告诉安赫拉，要是听到她说自己是对的，我可能会疯掉——现在的天气确实很好，有个大露台烤点儿东西吃，确实非常舒服。走上五分钟，你就能到海滩。有点儿无聊，因为没人放音乐，全都是白人，但安赫拉很开心,孩子们也都很开心。

不过我也想跟你说一说,发生了一件很神奇的事。还记得萨布丽娜吗?你知道的,就是我看到在楼梯上亲了朋友的那个女孩。她朋友穿着天主教学校的校服,还记得吧?母亲节那天——不是美国的,是多米尼加的——我刚要坐电梯,萨布丽娜和她妈妈从电梯里出来了。很明显,萨布丽娜看到我的时候都吓坏了。

反倒是她妈妈说的一句话,让我吃了一惊。

在我干杂活儿的时候,她在十五频道看到了费尔南多。费尔南多在大厅里。我们这栋楼的大厅!

她说,费尔南多能回到你的生活中,你一定非常高兴吧。

想象一下我的心情吧。

等一下。什么?你是在哪里看见他的?

在大厅里!

你确定是费尔南多?

就是费尔南多,她说。他在大厅里。

你是在十五频道看到的?

百分之百是费尔南多。

等我到了公寓,我发现门上挂着一份外卖。你是不会相信的!是鸡翅的外卖——啊!我喜欢鸡翅——配了米饭和豆子，还有牛油果沙拉和油煎大蕉，另外还配了大蒜。都是我最喜欢吃的。还有一张费尔南多写的便条：妈妈，母亲节快乐。你的儿子，费尔南多。

你能想象，当我看到他的便条，我到底是什么样的心情吗？当然，是亚历克西斯让他来找我的。

这提醒我，每回我相信自己的感觉时，一切都会好起来。所以我今天才会在这里，因为我今早想到了你，我想给你做酥皮糕点。我没有问为什么，只是听从自己内心的感觉，来到了你这里。就像瓦尔特·梅尔卡多教我的那样，也像通灵师阿莉西亚在她的一封信里说的那样：现在，是时候鼓起勇气了。就像卡里达老太太说的那样：不要带着遗憾生活。要活在当下。相信你自己。所以我才会在这里。跟你聊天的那十几个星期，对我非常有帮助。我学到了很多。聊天会提醒我，无论我的日子有多不好过，我总能找到办法，把问题解决掉。一想到这些，我就不害怕了。我们可以做到。我可以做到。

把这句话记下来：卡拉·罗梅罗还在这里，完完整整地在这里。

致　谢

本书的故事发生在纽约市的大衰退[①]时期。当时，每个社区都有许多成员失去工作，或者找不到能够干很久的工作。我想感谢跟我分享了他们的故事，讲述了他们在试图获得稳定收入和养育子女时遇到挑战的每个人。

我很感谢这些年来阅读或聆听本书内容，提出问题，分享文章，并提供反馈的朋友们。感谢所有自愿照顾我儿子，让我能抽空写作的人。我要特别感谢阿曼多·加西亚、卡罗琳娜·德罗贝蒂斯、道恩·伦迪·马丁、伊德拉·诺维、莱拉·阿里、莉塞特·J.诺曼、马琳·拉米雷斯-坎西奥、玛尔塔·露西娅·巴尔加斯、米伦娜·范戴克、内莉·罗萨里奥和塔尼

[①] 大衰退（Great Recession）是一场于2007年8月9日开始浮现的金融危机引发的经济衰退。

娅·希拉齐。

感谢我的编辑卡罗琳·布利克和我的经纪人达拉·海德，他们煞费苦心地把很多版草稿审读了很多遍。感谢熨斗出版社和希尔·纳德尔文学经纪公司的团队，他们提出了富有洞察力的建议。感谢蓝山中心、灯塔行动艺术中心和雅多艺术中心提供的礼物般的场地与参与项目的机会。

感谢克鲁斯一家、戈麦斯一家，以及皮希泰利一家，感谢他们以数不胜数的方式支持我的写作生涯。特别感谢我的母亲达尼娅，她总是在教育我，让我明白相互照顾是一件很重要的事。

感谢我的儿子丹尼尔·安德烈斯·皮希泰利-克鲁兹，感谢他对我这么有耐心，也感谢他在编辑方面做出的突出贡献。我实在是太爱你了！

没有大家的帮助，我写不出这本书[1]。就写这么多吧。

---

[1] 原文为 it takes a village，源自一句非洲古谚，完整表述为 it takes a village to raise a child，字面意思是"养育一个孩子需举全村之力"，引申意思为"需要多人合作，才能达成目标"。译者在此做了意译处理。

图书在版编目（CIP）数据

如何不被一杯水淹没 /（美）安吉·克鲁兹著；黄建树译 .-- 北京：北京联合出版公司，2024.8
 ISBN 978-7-5596-7487-6

Ⅰ.①如… Ⅱ.①安… ②黄… Ⅲ.①长篇小说－美国－现代 Ⅳ.① I712.45

中国国家版本馆 CIP 数据核字 (2024) 第 075618 号

如何不被一杯水淹没

作　　者：[美]安吉·克鲁兹
译　　者：黄建树
出 品 人：赵红仕
策划编辑：王　鑫
责任编辑：龚　将
出版统筹：马海宽　慕云五
封面设计：汐　和　几　迟 at compus studio
封面插画：陈允然

北京联合出版公司出版
(北京市西城区德外大街83号楼9层　100088)
北京联合天畅文化传播公司发行
北京中科印刷有限公司印刷　新华书店经销
字数138千字　880毫米 × 1230毫米　1/32　8.5印张
2024 年 8 月第 1 版　2024 年 8 月第 1 次印刷
ISBN 978-7-5596-7487-6
定价：59.00 元

版权所有，侵权必究
未经书面许可，不得以任何方式转载、复制、翻印本书部分或全部内容。
本书若有质量问题，请与本公司图书销售中心联系调换。电话：(010) 64258472-800

北京市版权局著作权合同登记 图字：01-2024-3069 号

HOW NOT TO DROWN IN A GLASS OF WATER
Text Copyright © 2022 by Angie Cruz
Published by arrangement with Flatiron Books. All rights reserved.